© 2018 Riichu
검사를 목표로 입학했는데
마법적성
9999
라고요?!
5
저자 : 넨쥬무기챠타로
일러스트 : 리이츄

모에모에
쿵♥

맛있어져라

"좋았어."
"자자!"

걸맞은 검사를
기다리고 있었다.

마스터……
나는

검사를 목표로 입학했는데 마법적성 9999라고요?!

5

저자 : 넨쥬무기챠타로
일러스트 : 리이츄

CONTENTS

— 목 차 —

검사를 목표로 입학했는데 마법적성 9999라고요?! 5

저자 : 넨쥬무기챠타로
일러스트 : 리이츄

프롤로그

10월도 중순에 접어들어, 완연한 가을이었다.

단풍은 아직이지만 버섯이나 사과, 호박, 꽁치, 가다랑어 따위의 제철 식재료가 시장에 나와 있어, 로라 일행은 주로 식욕으로 가을을 실감하고 있었다.

언제나 학교 식당에서 오믈렛만 먹는 로라가 생선구이 정식이나 버섯 버터구이를 주문하는 모습으로 보고, 다른 학생들은 흠칫 놀랐다.

그리고 로라는 무려 꼬박 이틀을 오믈렛을 먹지 않고 지냈다.

누구의 강요도 받지 않고 오믈렛을 거르다니 로라 자신도 놀랐다.

그런 로라를, 샬롯과 안나는 불안과 걱정 어린 시선으로 바라보았다.

"로라. 괜찮은 거예요? 열이 있는 건 아니고요……?"

"맥박은 정상이야…… 원인을 모르겠어. 일단 양호실에 가자."

두 사람은 요리도 주문하지 않고 『연어와 송이 마요네즈 구이』 두 접시를 식탁으로 옮기는 로라를 뒤쫓아 왔다.

"두 사람 다 호들갑 떨지 말아요! 물론 제가 이틀이나 오믈렛을 먹지 않은 건 드문 일일지도 모르지만…… 그렇다고 이러는 건 실례라구요!"

"후후후. 너무 화내지 마세요. 너무 드문 일이라 살짝 놀려 준 것뿐이에요."

"뺨을 부풀린 로라도 귀여워. 뺨이 탱글탱글해."

"정말! 그러는 사이에 엄청난 줄이 생겼어요. 괜찮아요?"

로라의 지적에 샬롯과 안나가 화들짝 놀랐다.

지금은 때마침 저녁 식사 시간이다 붐비기 전에 주문하려고 뛰어왔었다.

그런데 샬롯과 안나는 쓸데없이 시간을 낭비해 다른 학생들에게 먼저 주문할 차례를 내 주고 말았다.

지금부터 줄을 서서는 저녁 식사를 구경하기까지 수십 분은 걸릴 거다.

"우리는 먼저 먹을게요. 그렇죠? 하쿠."

"삐이!"

로라가 앉는 것과 동시에 머리 위에 있던 신수 하쿠가 식탁 위로 폴짝 뛰어 내렸다.

"로, 로라?! 그건 너무해요! 안나, 빨리 줄 서러 가요!"

"로라의 뺨에 정신이 팔렸었어. 뺨은 반칙이야."

"미사키! 당신의 힘으로 저희를 새치기하게 해 주세요!"

샬롯이 주방을 향해 외쳤지만 「안 됩니다라」는 지극히 정직한 대답이 돌아왔다.

샬롯과 안나는 「크으윽」 하고 분해하면서도 제대로 줄을 섰다.

그 사이에 로라는 하쿠와 함께 요리를 먹어 버렸다.

역시 제철 연어는 맛있어. 마요네즈와의 궁합이 최고야.

"하아~. 맛있었어요!"

"삐이!"

하쿠도 아주 만족스레 자기 접시를 다 비운 후였다.

그리고 아직 줄을 서 있는 샬롯과 안나를 흘끗 쳐다보며 그릇을 반납하러 갔다.

"아아, 로라…… 기다려요…… 서, 설마, 먼저 대중탕에 갈 생각은 아니겠죠……?!"

"그건 안 돼. 로라랑 같이 목욕하는 게 하루의 낙인데."

"후후후. 절 놀린 벌이에요."

로라는 새침한 얼굴로 중얼거리고는 학교 식당을 나갔다.

그러나 대중탕에는 가지 않고 자기 방에서 두 사람을 기다려 줬다.

그러자 샬롯과 안나는 감격한 나머지 로라의 품에 뛰어들었다.

특히 샬롯은 눈물까지 흘리며 울부짖었다.

그 요란한 반응에 「두 사람을 두고 가는 건 위험해」라고 깨달은 아홉 살 소녀였다.

제 1 장 축제를 준비해요

그렇게 가을이 한창인 무렵, 왕립 길드레아 모험가 학교는 해마다 열리는 축제를 반년 앞두고 있었다.

축제 때는 각 학급별로 한 가지씩 행사를 하기로 되어 있다.

그래서 수업 대신 마법학과 1학년 교실에서는 무엇을 할지로 학급 회의가 열리고 있었다.

"무난하게 카페는 어때?"

"프리 마켓 같은 건?"

"고리 던지기 하자!"

"코스프레 대회지!"

"그것보다 팔씨름 대회는 어때? 로라를 이기면 호화 경품을 주는 걸로!"

"그건 학장님밖에 못 이기잖아……."

나온 의견을 반장(안경을 쓰고 머리를 세 갈래로 땋아 내린 17세)이 칠판에 분필로 적었다.

담임인 에밀리아는 창가에 앉아 묵묵히 지켜보고 있었다.

축제는 기본적으로 학생이 주도를 하고 교사는 가능한 한 참견

하지 않는다는 방침이다.

“저한테 좋은 생각이 있어요!”

회의가 정체되고 있을 때, 샬롯이 손을 번쩍 들었다.

그러고는 금발을 퍼뜨리며 가슴을 활짝 펴고 자신만만하게 자리에서 일어났다.

“즉! 라멘 가게를 여는 거예요!”

라멘. 그것은 대륙 동쪽에 위치한 라아라는 나라의 전통 요리다.

불과 얼마 전까지 팔레온 왕국 사람들은 아무도 그 존재를 몰랐지만, 라란이라는 여성이 하는 『란정』이라는 가게로 인해 작은 붐이 일었다.

지금은 『한 번쯤 먹고 싶은 음식』으로 왕도 사람들 사이에서 화제다.

그런 란정이지만 까딱 잘못했으면 아무도 모르게 왕도에서 사라졌을 가능성도 있었다.

어쨌든 아무도 모르는 요리를 파는 것은 난이도가 높은 일이다. 더욱이 란정은 가게 위치가 좋지 않고, 주인인 란은 장사에 재능이 없었다.

그러나 우연히도 란정에 가게 된 로라 일행이 라멘 맛에 반했다.

그리고 손님이 없어서 이대로라면 망한다는 말을 듣고, 지혜를 짜내 라멘 홍보를 했다.

덕분에 란정은 그 대현자도 다니는 가게가 됐다.

여왕 폐하도 가끔 몰래 먹으러 간다는 소문도 있다.

"샬롯. 네가 라멘을 좋아하는 건 알지만…… 어떻게 만들 거야?"

반장은 당연한 질문을 던졌다.

먹는 걸 좋아하는 것과 맛있게 만들 수 있는 것은 전혀 다른 문제다.

로라도 샬롯도 란정을 여러 번 도왔지만 어디까지나 접객 담당이었고, 요리는 란이 혼자서 했었다.

대체 어떻게 축제 때 라멘 가게를 할 생각일까.

로라는 다른 학생들과 마찬가지로 샬롯을 의혹의 눈길로 바라봤다.

"후후후. 간단해요! 란정의 협력을 얻는 거예요! 축제까지는 반 년이나 남았어요. 란 씨한테 라멘 만드는 법을 배우면 늦지 않을 거예요. 그리고 답례로 매상의 일부를 란정에게 주면 서로 윈 윈이에요!"

교실 전체에서 「와아!」 하고 환호성이 터져 나왔다.

샬롯이 생각보다 제대로 된 계획을 말했기에 모두 감탄한 거다.

"흠…… 샬롯이랑 로라가 란정하고 친하니까 불가능하지는 않아…… 하지만 외부인의 힘을 빌리는 건 좀…… 에밀리아 선생님은 어떻게 생각하세요?"

반장은 담임인 에밀리아에게 의견을 구했다.

"음…… 란 씨가 도와준다고 하면 괜찮지 않을까?"

"네. 저도 라멘 가게가 좋은 것 같아요. 여러분은 어때요?"

그러자 여기저기서 「찬성이야」 하고 외쳤다.

"평범한 가게보다 라멘 가게가 더 재밌을 것 같아!"

"난 아직 라멘을 먹어 본 적 없어."

"연습하면서 잔뜩 먹을 수 있을지도!"

반 전체가 의욕으로 들썩였다.

마법학과 1학년은 『라멘 가게』를 하는 걸로 정해졌다.

샬롯은 자기 의견일 채택되어 무척 만족스러운 눈치였다.

쇠뿔도 단김에 빼 겸, 방과 후 로라와 샬롯이 란정에 가기로 했다.

"……그래서 안나. 저랑 샬롯은 바빠서 오늘은 마치고 같이 놀 수 없어요."

점심시간. 로라는 학교 식당에서 안나에게 사정을 말했다.

"알았어. 사실 나도 마치고는 바빠. 축제가 끝날 때까지는 별로 못 볼 거야."

"네. 근데 전사학과는 뭘 하는데요?"

"비밀이야."

"안나. 우리 건 들어 놓고 비밀이라니 치사해요!"

샬롯은 입술을 삐죽이며 항의했다.

"정보전은 냉혹한 세계야. 이것만은 절친한테도 말 못 해."

그러나 안나의 입은 무거웠다.

분명 전사학과 1학년에 함구령이 떨어진 거다.

뭐, 로라와 샬롯도 그렇게까지 듣고 싶었던 것은 아니었다.

크게 신경 쓰지 않고 각자 교실로 돌아갔다.

수업이 끝나고 로라와 샬롯은 란정에 갔다.

그리고 그곳에는 예상도 못 했던 문제가 기다리고 있었다…….

모든 수업이 끝난 저녁.

란정은 아직 저녁 장사를 위해 한창 수프를 끓이는 중이라 손님이 없었다.

그 대신, 더부살이 직원 니나가 의자에 앉아 한가로운 시간을 보내고 있었다.

더욱이 무슨 영문인지 로라 일행이 잘 아는 붉은 머리칼의 소녀까지 있는 게 아닌가.

"아, 안나? 란정에는 무슨 일이에요?"

그렇다. 학과는 다르지만 로라의 절친인 안나 아네트가 란정에 있었다.

로라와 샬롯은 수업을 마치고 곧장 이곳으로 향했다.

그것보다 빨리 왔다는 것은 그냥 들른 게 아니라 명확한 목적을 갖고 서둘러 온 것이 틀림없다.

"안나 반이 축제 때 라멘 가게를 하게 돼서, 란 씨한테 도와달라는 모양이야."

그러자 니나가 대답했다.

그 말을 들은 로라와 샬롯은 펄쩍 뛸 정도로 놀랐다.

"뭐, 뭐라고?!"

"대체 무슨 소리예요?!"

"삐이이!"

하쿠도 로라의 머리 위에서 펄쩍 뛰었다.

어떤 의미로는 2단 점프다.

"무슨 소리긴. 전사학과 1학년은 라멘 가게를 하게 됐어. 그래서 내가 대표로 란정에 온 거고."

안나는 담담히 말했다.

"세, 세상에! 우리도 라멘 가게를…… 치사해요!"

"치사하지 않아. 우리도 오전 학급 회의 때 정해졌어. 이런 건 빠른 쪽이 이기는 거야."

안나는 언제나의 무표정으로 더블 피스를 그렸다.

"아아…… 웬일로 일이 계획대로 술술 풀린다 했더니…… 란 씨, 란 씨!"

샬롯이 큰 소리로 부르자, 안쪽 주방에서 란 씨가 나타났다.

여전히 섹시한 차이나 드레스 차림이다.

어떻게 하면 이런 아름다운 다리를 가질 수 있는 걸까.

부러워라, 하고 로라는 생각했다.

"샬롯이랑 로라도 왔구나해."

"삐이!"

"하쿠도 잊지 않았다해."

"삐이."

이름을 불린 하쿠가 만족스레 울었다.

"그래서 란 씨는 안나 반을 돕기로 한 거예요?!"

"그렇다해. 라멘을 더욱 알릴 수 있는 좋은 기회다해. 먹는 것뿐만 아니라 만드는 법에도 관심을 가져 주다니 기쁘다해. 게다가 매출의 1할을 준다면 거절할 이유가 없다해."

마법학과가 제시하려 했던 조건과 같다.

아무래도 생각하는 건 다들 같은 모양이다.

"그, 그럼 가르쳐 주는 김에 마법학과 1학년한테도 가르쳐 주세요……."

"으음…… 상관없지만, 축제 때 같은 음식점이 두 개인 건 이상하다해!"

"크으윽!"

란의 지적에 샬롯은 입술을 깨물었다.

실제로 라멘 가게가 두 개인 건 이상하고, 양쪽 다 란 씨가 가르치는 거라서 맛은 같을 것이다. 이보다 더 괜한 짓은 없다.

"샬롯…… 포기하고 물러나요…… 우린 안나와의 정보전에서 진 거예요."

"우우…… 안나한테 스파이의 재능이 있을 줄은 몰랐어요."

"딱히 스파이가 아니라 두 사람이 마음대로 알려 준 건데."

안나는 냉정하게 지적했다.

그러나 로라와 샬롯은 『뛰어난 스파이에게 졌다』라는 식으로라도 생각하지 않으면 스스로가 한심해서 견딜 수 없었다.

다만, 안나를 우수한 스파이로 꾸며 내는 건 상당히 어려운 일이라서 어깨를 떨구고 털레털레 돌아가는 수밖에 없었다.

※

라멘 가게가 물 건너 갔기에 다음 날도 학급 회의가 열렸다.

라멘 가게 말고도 어제 나온 다양한 의견이 있었다.

· 카페

· 프리 마켓

· 고리 던지기

· 코스프레 대회

· 팔씨름

· 밴드 연주

· 환혹 마법을 사용한 미로

· 여장남자 바

· 스카이 피시 잡기 대회

· 토막극『위기일발 파자마레인저』

· 대현자는 하루에 몇 시간을 자는지 연구해서 발표하기

· 절대로 웃으면 안 되는 샬롯의 그림 그리기

· 에밀리아 선생님의 애인 찾기

“자, 잠깐! 제일 마지막 건 뭐야!”

반장이 칠판에 적은 것을 본 에밀리아가 얼빠진 목소리로 외쳤다.

어지간히 놀랐는지 안경이 흘러내렸다.

“뭐냐니…… 저는 그저 모두의 의견을 적은 것뿐인데요.”

반장은 진지한 얼굴로 말했다.

“그렇다고 다 적으면 어떡해! 지워!”

에밀리아는 새빨개진 얼굴로 칠판 앞으로 걸어 나갔다.

그러나 그때 교실 전체에 야유가 울려 퍼졌다.

“선생님~. 애인 찾기 좋잖아요. 어차피 애인 없으시잖아요?”

“젊다고 말할 수 있는 것도 지금뿐이에요.”

“에밀리아 선생님은 미인이시니까 좀 더 적극적으로 나가세요.”

“아, 아니면 저는 어떠세요?!”

학생들은 저마다 생각하는 것을 말했다.

그러나 공통된 것은 『에밀리아 선생님이 행복해지길 바란다』는 것과 『애인 찾기 재밌겠다』라는 거였다.

“쓸데없는 참견이야! 축제 때 그런 짓을 하면 망신만 당해! 이건 지울게!”

에밀리아는 칠판지우개를 집어 학생들의 동의로 구하지 않고 『에밀리아 선생님의 애인 찾기』라는 글을 지워버렸다.

“에밀리아 선생님. 축제 운영은 학생의 자주성을 존중하는 취지였어요. 반장으로서 항의합니다.”

“아무리 자주성을 존중한다고 해도 교사한테는 최소한의 감독 책임이 있어! 축제와 동떨어진 주제는 인정하지 않아요! 이러면 내가 주인공이잖아? 너희가 주인공이 되렴!”

다시 야유가 번졌다.

로라도 어디가 어떻게 『동떨어진』 건지 추궁하고 싶었다.

그러나 에밀리아가 부끄러워하는 마음도 이해가 되고, 축제의 주인공은 교사가 아니라 학생이라는 것에도 뭐, 동의했다.

“후후후. 저한테 또 훌륭한 생각이 있어요!”

샬롯은 당돌한 미소와 함께 자리에서 일어나, 머리카락을 우아하게 쓸어 올렸다.

"라멘 가게를 못 하게 됐는데도 잘도 그런 자신만만한 얼굴을 하는구나."

반장의 날카로운 지적이 날아들었다.

반 모두와 있을 때는 로라가 하지 않아도 누군가가 지적을 해 주니 편했다.

샬롯은 마법에 재능이 넘쳐나지만 여러모로 안타까운 아가씨라는 이미지가 마법학과 1학년 사이에 완전히 자리 잡고 있다. 그걸 부정하는 건 본인뿐이다.

"어, 어제 건 전사학과가 선수를 쳐서고, 아이디어 자체는 나쁘지 않았어요! 여러분도 찬성했잖아요?"

"뭐, 그렇지. 그래서, 오늘은 뭔데?"

"즉! 로라의 메이드 카페를 여는 거예요!"

"앗, 저요?!"

갑자기 자기 이름이 나오는 바람에 로라는 화들짝 놀랐다.

샬롯이 혼자 실패하는 건 개인의 자유지만 남은 끌어들이지 않았으면 한다.

"그래요. 란정은 빼앗겼지만 우리에게는 로라라는 최종 병기가 있어요. 귀여운 로라가 귀여운 메이드복을 입고 손님을 맞으면…… 매출 1위는 따 놓은 당상이에요!"

샬롯은 주먹을 불끈 쥐고 복도까지 들릴 것 같은 큰 목소리로 외쳤다.

그러나 로라는 이의를 제기하지 않을 수 없었다.

"샬롯. 어째서 제 이름이 나오는 거예요? 그런 개인적인 건 축제에 어울리지 않아요. 이건 반 전체의 행사예요!"

"하, 하지만 로라는 틀림없이 메이드복이 어울릴 거예요!"

샬롯은 논점을 제대로 이해하지 못한 모양이다.

"그런 말이 아니에요! 어울리고 안 어울리고의 문제라면 샬롯도 어울리잖아요!"

"제가 메이드복을 입어 봤자 딱히…… 전 로라한테 입히고 싶어요!"

축제의 취지부터 어긋난 가능성이 나왔다.

"누가 입느냐가 아니라 다 같이 입으면 되잖아. 반 행사니까."

반장이 질린 듯이 말했다.

그 순간, 교실의 여학생들이 떠들기 시작했다.

"메이드복 입어 보고 싶어."

"다녀오셨어요, 주인님, 이라고 하면 되지? 쉽네. 쉬워."

"엄청 짧은 치마에 가터벨트 해 보고 싶어!"

"난 긴 치마가 좋아. 메이드복은 역시 롱이지."

“난 로라가 메이드복을 입어 준다면 뭐든 상관없어요.”

“잠깐, 남자들 입이 헤벌쭉해졌어.”

아무래도 이대로 메이드 카페로 정해질 것 같은 분위기다.

평범한 카페는 흔하지만 축제 때 메이드 카페는 재미있을지도 모른다.

그러나 거기서 에밀리아가 손을 들고 의견을 더했다.

“딱히 메이드 카페 자체에 불만은 없지만…… 의상은 어떻게 할 거야? 알고 있겠지만 그럴 예산은 없어.”

듣고 보니 그랬다. 모두 돈에 대해서 까맣게 잊고 있었다.

평범한 카페를 열 예산은 있어도 메이드복이 필요해지면 이야기는 달라진다.

반장도 「음~」 하고 유감스럽게 신음했다.

그러나 샬롯은 여전히 기운이 넘쳤다.

“문제없어요! 저희 집에 남아도는 메이드복을 가져올게요!”

평범한 집은 메이드복이 남아돌거나 하지 않는다. 그러나 샬롯의 집은 부자다.

“우와. 역시 샬롯! 이로써 메이드 카페를 열 수 있겠네요!”

“후후후. 가자드 가문에 불가능이란 없어요!”

샬롯은 가슴을 활짝 펴고 우쭐댔다.

그러자 반 아이들이 일제히 박수를 쳤다.

여학생은 귀여운 메이드복을 입을 수 있어서 좋고, 남학생은 메이드복 차림을 볼 수 있어서 좋다.

다른 의견 따위 있을 리 없다.

이리하여 마법학과 1학년 행사는 메이드 카페로 정해졌다.

※

아무리 메이드 카페가 반 전체의 행사라고는 해도, 남학생이 메이드복을 입어 봤자 좋을 사람은 아무도 없다.

여자로 착각할 만큼 귀여운 남자가 있다면 그것도 가능할지 모르지만, 유감스럽게도 마법학과 1학년 중에 그런 사람은 없었다.

그래서 남학생들은 교실 장식이나 물품 구입을 주로 맡았다.

그리고 여학생들은 샬롯이 집에서 가져온 메이드복을 입고, 각자 취향대로 리폼했다.

"샬롯. 정말 치마 잘라도 돼?"

"난 프릴을 더 달고 싶어."

"후후후. 얼마든지요. 여러분, 마음껏 귀엽게 꾸며 주세요!"

방과 후의 교실은 재봉학과가 신설된 분위기로 변했다.

그리고 리폼한 메이드복을 입고, 남학생들을 상대로 접객 연습을 했다.

"다녀오셨어요, 주인니임."

"맛있어져라. 모에모에 큥."

마법학과 1학년은 40명. 그중 딱 절반인 20명이 여학생이었다.

싱그러운 소녀들이 나란히 메이드복을 입은 광경은 무척 눈부셨다.

남학생들의 눈이 하트 모양으로 변했다.

메이드복의 효과는 생각했던 것보다 더 굉장한 모양이었다.

"아무튼 샬롯. 용케 제 사이즈의 메이드복이 있었네요."

로라는 샬롯에게 받은 롱스커트 메이드복을 입고 빙글 돌았다.

치마가 둥실 퍼져 무척 우아하다.

"삐이!"

하쿠도 머리에 프릴이 달린 카추샤를 얹었다.

같은 반 여학생이 만들어 준 거다.

"이런 일도 있을까 하고 로라용 메이드복을 전부터 준비해 두고 있었어요!"

초 미니 메이드복에 가터벨트 스타킹을 한 샬롯이 우쭐해서 말했다.

"하하아…… 이런 일도 있을까 생각했군요. 굉장하네요……."

로라는 자칭 샬롯 전문가지만 그래도 가끔 무슨 생각을 하는지 모를 때가 있다.

샬롯의 존재는 심오하다.

『샬롯 행동학』이라는 새로운 학문을 만들 수 있을 것 같다.

"메이드복은 그렇다 치고, 아직 메뉴를 정하지 않았어요!"

로라의 지적에 여학생들이 움직임을 멈췄다.

아무래도 메이드복에 너무 집중한 나머지 핵심인 카페로서의 기능을 망각했던 모양이다.

마법학과 1학년 행사는 메이드복 코스프레 대회가 아니라, 어디까지나 메이드 카페인 것이다.

뭔가 음식을 내 놓지 않으면 남학생들을 헤벌쭉하게 만드는 걸로 끝이다.

"뭐, 어차피 축제고, 케이크나 커피나 주스 정도만 있으면 되잖아?"

반장이 안경을 만지작거리면서 중얼거렸다.

미적지근한 의견이다. 그러나 메이드복은 기합이 들어가 있었다.

반장은 평소에는 교복 치마를 고쳐서 『일부러 길게』 입으면서 메이드복은 팬티가 보일 정도로 짧다. 축제이니 만큼 성실한 반장도 분발한 거겠지.

"흠흠. 커피랑 주스는 그렇다 치고…… 케이크는 어떻게 하죠? 사 오나요?"

로라의 질문에 한 여학생이 손을 들었다. 케이트라는 열여섯 살 소녀였다.

"나 케이크 만들 수 있어!"

"""우와!"""

여학생들이 케이트에게 환호를 보냈다.

"학교 식당 시설을 빌려서 다 같이 만들자!"

여성스러움도 키울 수 있고, 수제 케이크를 파는 건 재미있을 것 같다.

"오, 오믈렛도 팔면 안 될까요?!"

"로라. 메이드 카페를 하는 건 교실이야. 오믈렛을 미리 만들어 둬도 괜찮아?"

케이트는 로라의 머리를 쓰다듬으면서 지적했다.

"오믈렛을 미리 만들어 두다니, 안 돼요! 갓 만든 따끈따끈한 것이라야 해요!"

"그럼 안 되겠구나."

"으음…… 할 수 없네요……."

로라는 포기했다.

인생은 때때로 타협도 필요한 법이다.

"오믈렛은 놔두고, 케이크는 얼마나 만들죠? 축제는 이틀이에요."

샬롯이 묻자, 케이트는 턱에 손을 대고 생각에 잠겼다.

"음…… 우리 같은 미소녀들이 메이드 카페를 하면 하루에 100명은 오겠지. 그럼 200개려나……. 그래도 하루에 100개를 만드는 건 힘들어 치즈 케이크 200개를 미리 만들어 둘까……. 생크림을 안 쓰니까 며칠은 버틸 거야."

"쿠키나 도넛도 좋을 것 같아요."

"와우, 샬롯. 똑똑한데? 그럼 그것도 메뉴에 넣자."

구체적인 안이 나왔다.

이로써 얼추 카페 느낌이 날 것 같다.

메뉴가 정해졌으니 전단지 만들기도 시작할 수 있다.

여기저기에 뿌리고, 모험가 길드와 란정에도 붙여 달라고 하자.

하루에 백 명 아니라 천 명이 올지도 몰라 하고 로라는 혼자 상상했다.

제 2 장 축제는 진검 승부예요

그리고 축제 첫날이 밝았다.

로라는 축제 자체가 처음이었지만 생각했던 것보다 더욱 북적거렸다.

교내를 학생도 교사도 아닌 사람들이 돌아다니는 것은 신선한 광경이었다.

"후후후…… 이렇게 사람들이 온 것도 제가 메이드 카페를 생각해 냈기 때문이에요!"

같이 복도를 걷고 있던 샬롯이 우쭐해서 중얼거렸다.

"설마요. 메이드 카페 하나로 축제 입장자 수가 변하거나 하진 않을 거예요. 원래 길드레아 모험가 학교가 유명하기 때문이에요."

"로라는 꿈꾸지 않는 사람이군요!"

"샬롯이 몽상가인 것뿐이에요."

분명 샬롯도 농담으로 하는 말이겠지만, 그녀의 망상은 끝없이 펼쳐지는지라 가끔씩 못을 박아 둘 필요가 있다.

여학생이 스무 명이나 되서 교대로 쉬고 있었다. 로라와 샬롯은 교내를 걷고 있었다.

전사학과 3학년은 교실이 아니라 훈련장을 통째로 빌려 춤 공연을 하고 있었다.

그리고 3학년 중에서 가장 강한 학생이 도전자를 모집하고 있었다. 그를 검으로 이기면 미노타우로스의 뿔로 만든 목걸이를 주는 모양이다.

좋았어, 하고 로라가 도전하려 했더니 『로라는 거부함』이라는 팻말이 있었다.

유감이었다.

마법학과 3학년은 교실에서 『세계 주요 고대 유적의 발굴 현황』이라는 진지한 주제를 패널로 만들어 발표하고 있었다.

직접 그린 그림과 글씨지만 무척 보기가 쉬웠다.

샬롯이 그린 그림과는 천지 차이다.

약 스무 개의 유적이 소개되어 있었는데, 그중 세 개는 『발견한 사람: 대현자 칼로테 길드레아』라고 되어 있었다.

역시 이 학교의 학장은 낮잠만 자는 게 아니라 실제로 굉장한 사람이다.

"샬롯. 이 부유 보물고라는 걸 알아요?"

로라는 한 장의 패널 앞에서 걸음을 멈추었다.

그곳에는 하늘을 나는 섬이 그려져 있었다.

설명에 따르면 『평소에는 모습을 드러내지 않지만 수년에서 수십 년에 한 번, 부정기적으로 출현한다. 그리고 며칠에 걸쳐 공중에 머문 후, 다시 자취를 감추는 고대 문명의 보물고』인 모양이다.

"이름만 알아요. 좀처럼 나타나지 않아서 조사도 거의 이뤄지지 않았다고 들었어요."

"와아…… 고대 문명은 수수께끼투성이네요."

오이세 마을을 설명한 패널도 있었다.

오이세 마을은 고대 문명의 유적이 아니다. 그러나 왕도에서 가장 가까운 신수의 보금자리로서 특별히 소개한 모양이다.

"흠흠. 신수 하쿠는 일찍이 대현자와 함께 마신과 싸워, 왕도를 지켜 낸 위대한 신수―."

"삐이."

위대하다는 말에 하쿠는 로라의 머리 위에서 신이 나서 울었다.

"지금은 세대교체가 이루어져 아이의 모습이 되었다. 일설에는 오이세 마을이 아닌, 모 소녀의 머리 위를 보금자리로 삼았다는 정보도 있다……."

"어머. 로라 이야기까지 나와 있어요!"

"실명을 싣지 않은 건 사생활을 배려했네요!"

"삐이."

훌륭한 발표였다.

하지만 오이세 마을의 수인들이 얼마나 폭신폭신한지까지 설명했더라면 백점 만점일 텐데. 정말 아쉽다.

전사학과 2학년은 인형극을 하고 있었다.

사상 최대의 대마신이 나타나 세계가 어둠 속에 갇혔을 때, 전설의 전사『파자마레인저』가 강림해, 대마신을 무찌른 이야기다.

1회가 약 십 분으로 짧은 대신 하루에 여섯 번이나 상연하는 모양이다.

어른에게도 꼬마에게도 인기 만점이다.

"파자마레인저 세 명의 인형이 귀여웠어요."

"하지만 로라의 실물이 더 귀여워요."

"파자마레인저와 우리는 상관없는걸요?"

"후후. 그랬었죠."

어디서 누가 듣고 있을지 모른다.

변신 히어로는 정체를 숨기는 법이다.

요즘이랄까, 처음부터 별로 숨기지 못하고 있는 것 같은 기분도 들지만, 효과가 아주 없는 것은 아니다.

분명 교사들 사이에서는 파자마레인저의 정체가 다 알려졌을지도 모른다.

하지만 학생들이 모른다면 아직 의미가 있다.

마법학과 2학년은 점집을 하고 있었다.

카드 점이나 수정 구슬 점 등 다양한 점을 봐 주는 점쟁이가 있었다.

로라와 샬롯은 그중에서 『후우후우 점』이라는 것을 골랐다.

이유는, 도무지 어떤 점인지 종잡을 수 없었기 때문이었다.

"귀에 후우 하고 입김을 불어서, 그 반응으로 무의식을 점칩니다."

검은 망토를 두른 여자 선배는 엄숙한 투로 말했다.

왠지 간지러울 것 같아서 그만둘까 하고, 로라가 생각한 그때—.

"후우."

"꺄아아아아!"

예고 없이 훅 들어온 입김에 로라는 까무러쳤다.

"그 반응…… 로라, 지금 오믈렛을 먹고 싶다고 생각했군요."

"어, 어떻게 아셨어요?! 굉장해요, 선배님! 후우후우 점은 정말 맞군요!"

로라는 진심으로 감탄하고 말았다.

"로라. 속으면 안 돼요. 로라가 오믈렛광인 건 학교 전체가 아는 사실이니까요."

"어머, 샬롯. 선배를 의심하는 건가요. 그럼 당신 것도 봐드리죠."

"바라던 바예요!"

"후우."

"히야야아앗!"

선배의 입김이 어지간히 센지, 각오를 했을 샬롯도 까무러쳤다.

"나왔습니다. 샬롯, 당신은 지금…… 『로라의 메이드복이 귀여워요』라고 생각했군요."

"마, 맞았어요!"

샬롯은 입을 틀어막고 온몸으로 경악을 표현했다.

"샬롯. 그건, 아마도, 점이 아니라…… 누구라도 알 만한……."

"그렇지 않아요! 제 은밀한 생각을 맞혔어요!"

"은밀한 거였어요?!"

로라도 무의식중에 온몸으로 경악을 표현했다.

선배도 덩달아 흠칫한 얼굴을 했다.

"삐이."

하쿠는 그런 선배의 눈앞에서 날개를 파닥거리며 어째선지 목을 뻗고 있었다.

"삐이삐이."

"……흠. 이건 점을 봐 달라는 걸까요?"

선배를 고개를 갸웃했다.

"그런 것 같아요!"

"그러죠. 그럼…… 후우."

"삐이이이이!"

역시 선배의 입김은 신수에게도 간지러운 모양이다.

하쿠는 우렁차게 운 뒤, 로라의 팔에 매달렸다.

"선배님! 어떻게 나왔어요?!"

"으음…… 오믈렛을 먹고 싶다?"

"삐!"

하쿠는 고개를 저었다.

"그럼, 오이세 마을에 돌아가고 싶다, 거나?"

"삐!"

하쿠가 다시 고개를 저었다.

"……로라의 머리 위에 타고 싶다?"

"삐이!"

하쿠는 격렬히 끄덕이면서 로라의 몸을 기어올라, 언제나처럼 머리 위에 풀썩 주저앉았다.

"자, 어때요. 신수 하쿠의 무의식까지 완벽히 맞혔어요."

선배는 시치미 뗀 얼굴로 말했다.

그러나 로라는 납득할 수 없었다.

"맞을 때까지 몇 번이고 질문한 것뿐이잖아요?"

"그렇지 않아요."

"로라. 역시 이 점은 엉터리예요."

"아니에요. 두 사람 다 영업 방해니 그만 나가세요!"
로라와 샬롯은 마법학과 2학년 교실에서 쫓겨났다.
할 수 없이 다음은 전사학과 1학년 교실로 갔다.
안나네 라멘 가게가 어느 정도인지 정찰해 주자.
솜씨 좀 봅시다.

※

"보, 복도까지 줄을 섰어?!"
전사학과 1학년 교실에 들어갈 것도 없이, 장사가 성황인 것은 한눈에 알 수 있었다.
로라와 샬롯은 눈을 비벼 봤지만, 현실은 변하지 않았다.
교실에 들어가지 못한 약 스무 명이 복도에 줄을 서 있었다.
라멘은 분명 맛있고 인기 있는 음식이다.
하지만 인기의 절정은 이미 지났다.
어째서 이런 줄이 생긴 걸까.
그 비밀을 파헤치기 위해 로라와 샬롯은 줄 틈으로 교실 안을 들여다봤다.
책상을 붙이고 그 위에 식탁보를 깔아, 네 명이 앉을 수 있는 테이블을 만들어 놓았다. 이것은 로라네 메이드 카페도 마찬가지였다.

여학생들이 차이나 드레스를 입고 접객을 하고 있었다. 이것은 점수가 높다. 하지만 메이드 카페도 귀여움으로는 지지 않았다.

라멘은 평범한 간장 라멘뿐인 것 같았다. 차슈면이나 모험가 라멘은 보이지 않았다. 익숙하지 않은 학생도 가게를 빨리 운영하기 위해 그렇게 한 모양이었다.

놀랍게도 교실 안에 벽돌로 만든 화덕이 두 개 있었다.

그걸로 국물을 데우고 면을 보글보글 삶고 있다.

언제 저런 걸 만들었을까. 불이라도 나면 누가 책임질까.

뭐, 이제 와서 불 정도에 흔들릴 길드레아 모험가 학교가 아니지만.

“으음…… 확실히 라멘 가게 축제 판으로는 가장 적절할지도 몰라요……하지만 그것만으로는 이 줄을 설명할 수 없어요.”

“비밀이 있는 게 분명해요!”

로라와 샬롯은 문과 줄 틈으로 머리를 억지로 들이밀고 직접적인 정찰을 감행했다.

그러자 그곳에는 놀랄 만한 인물이 있었다.

“니, 니나?! 학생이 아닌 니나가 어째서 여기에……!”

로라는 그만 큰 소리를 내고 말았다.

란정의 더부살이 간판 아가씨 니나가 하나로리를 입고 접객을 하고 있었던 것이다.

니나는 아홉 살인 로라보다 이마 하나는 더 작다.

그것만으로도 귀여운데 예쁘기까지 하다.

말하자면 반칙같은 존재다.

"어? 로라에 샬롯까지. 그런 곳에서 머리를 내밀고 무슨 일이야? 손님한테 방해되니까 하지 마."

니나는 라멘을 나르면서 로라와 샬롯을 이상하다는 듯이 바라봤다.

그런 무심한 동작마저 안고 싶어질 만큼 귀엽다.

물론 손님도 학생도, 남녀노소 모두 니나를 행복한 눈으로 바라봤다.

전사학과 1학년이 대성황을 이룬 비밀은 니나였다.

"로라. 샬롯. 스파이 활동은 달갑지 않아."

입구 앞에 차이나 드레스를 입은 안나가 우뚝 섰다.

이때라는 듯이 로라와 샬롯은 항의의 목소리를 높였다.

"안나. 니나를 끌어들이다니 반칙이에요!"

"맞아요! 학교 축제니까 학생들로만 해야 해요!"

"그건 아니지. 학생들로만 가게를 해서 맛없는 라멘을 팔면 라멘 자체의 인기가 떨어져. 그래서 란정의 직원인 니나한테 감독을 맡겼어. 절대로 니나의 귀여움을 장사에 이용한 게 아냐. 라멘 보급 활동을 위해서지.”

안나는 뻔한 변명을 늘어놓았다.

그러나 뻔하지만 빈틈없는 주장이었다.

어디서부터 반론해야 할지 모르겠다.

“크으으…… 안나가 의외로 모사꾼이에요!”

“우리도 진지하게 해야겠어요! 안나, 두고 보세요!”

로라와 샬롯은 전사학과 1학년 교실에서 목을 빼고 자기들 교실로 달려갔다.

축제는 이제 막 시작됐다.

아직 만회할 기회는 있다.

※

“아, 둘 다 왔구나. 저기, 라멘 가게에 줄 봤어? 손님을 다 빼앗겼어. 큰일이야~.”

로라와 샬롯이 교실로 돌아오자, 케이트가 태평한 목소리로 맞아 주었다.

큰일이라고 하는 것치고 별로 초조해 보이지 않는 모습인데, 입학 당시부터 그녀는 줄곧 이런 느낌이었다.

목숨이 위험한 게 아닌 이상, 케이트는 태평한 채였다.

그리고 메이드 카페도 파리가 날리는 건 아니다.

테이블의 3분의 2 정도는 차 있었다.

그래도 전사학과에 지는 건 어쩐지 싫었다.

"니나의 귀여움에 대적할 수 있는 건 로라뿐이에요!"

"최선을 다할게요!"

로라는 주먹을 번쩍 쳐들었다. 그리고 점원으로 뛰기 시작했다.

그러자 오 분 후에는 만석이 되고, 십 분 후에는 복도에 줄이 생기는 것이 아닌가.

"로라가 있다고 해서 왔어요."

"로라가 주인님이라고 불러 준다고 해서 왔어요."

"로라가 오믈렛에 케첩으로 하트를 그려 준다고 해서 왔어요."

어디로 정보가 흘렀는지 몰라도, 로라가 목적인 남녀노소가 모여들었다.

"다녀오셨어요, 주인님. 하지만 오믈렛은 메뉴에 없어요."

로라가 그렇게 말한 순간, 손님들이 「하우우…… 귀여워…….」라며 황홀한 표정을 지었다.

그뿐만 아니라 함께 메이드로 일하던 여학생들까지 「아아…… 로라, 모에 쿵」 하고 본분을 잊고 꿈꾸는 듯한 목소리로 말했다.

"로라…… 너무 귀여워서 이 세상 사람 같지 않아요…… 저한테도 『다녀오셨어요, 아가씨』라고 말해 주세요!"

"샬롯한테도요? 그럼…… 다녀오셨어요, 아가씨♪"

"아아~~."

샬롯은 묘한 목소리를 내면서 바닥에 털썩 주저앉았다.

"다, 다리에 힘이 풀려서 설 수가 없어요……."

거칠게 숨을 헐떡이고 뺨이 붉게 물들었다.

분명 로라는 최선을 다해 귀엽게 말했지만 이 정도 반응을 보일 일일까? 샬롯은 무슨 일이든 호들갑이다.

그렇게 생각했더니,

"이해해, 샬롯. 방금 건 옆에서 듣기만 해도 굉장했어!"

케이트가 샬롯에게 공감했다. 그뿐 아니라 반장까지 끄덕이면서 샬롯을 안아 일으켰다.

"안 돼, 로라. 지금 넌 이른바 병기야. 함부로 귀여움을 흩뿌리면 사망자가 나와. 좀 더 조절하면서 해 줘."

"그, 그런가요……."

조절하라고 해도 무슨 뜻인지 모른다. 하지만 그만큼 로라에게 메이드복이 어울린다는 것이니 솔직히 기뻤다.

"어쨌든 노력할게요. 에헤헤."

기분이 좋아진 로라는 모두를 향해 미소 지었다.

그 순간, 메이드도 손님도 코피를 흘리면서 픽픽 쓰러졌다.

"아앗?! 어떻게 된 거예요?! 여러분, 정신 차리세요!"

"로라의 귀여움에 치여 죽는 거라면 바라던 바예요~~."

샬롯이 그렇게 중얼거리면서 가장 많은 코피를 뿜었다.

로라는 교실 전체에 회복 마법을 계속 발동하면서 접객하는 처지가 됐다.

※

전사학과 1학년들은 대단한 영예를 얻었다. 무려 학장이자 전설의 영웅. 그 『아름다운 대현자』 칼로테 길드레아가 라멘을 먹으러 온 거다.

안나에게는 익숙한 존재지만 다른 1학년들에게는 동경의 대상이었다.

지금까지 가장 가까이에서 본 것은 소풍 때 학생이 대부분이었다.

그런 대현자가 자기들 교실에 라멘을 먹으러 와 줬다. 후손까지 전해질 무용담이라며 감격의 눈물을 흘리는 학생마저 있었다.

누가 라멘을 만들지, 누가 가져다 줄지를 걸고 가위바위보를 하는 상황이 펼쳐졌다.

그리고 대현자는 라멘을 국물까지 깨끗이 비웠다.

"맛있었어."

그렇게 중얼거린 순간, 환호성이 터졌다. 그러나 대현자의 다음

말로 분위기가 수상해졌다.

"잔뜩 먹었더니 졸리네……. 잠시 낮잠 좀 잘게."

대현자는 그렇게 말하고는 계산도 하지 않고 책상에 푹 엎드려 졸기 시작했다.

"으음…… 맛있다고 해 주신 건 기쁘지만, 이런 데서 낮잠을 주무시면 방해돼……."

"아직 줄을 선 손님이 있는데……."

"설마 대현자를 방해된다고 생각할 날이 오다니……."

라멘을 만드는 남학생도, 접객 담당인 여학생도 당혹감을 숨기지 못했다.

그러나 안나가 봐온 대현자는 원래 이런 사람이다.

전사학과 1학년들은 어떻게 대현자를 돌려보낼지 의논했다. 그러나 새로운 이변에 의해 그럴 필요도 사라졌다.

"어라? 줄이 없어?"

그 중얼거림에 안나도 복도로 시선을 옮겼다.

그러자 정말로 그 긴 줄이 감쪽같이 사라지고 없었다.

말도 안 돼, 하고 눈을 깜빡여 봤지만 없는 것은 없었다.

이로써 대현자가 자리 하나를 차지해도 문제없어졌지만, 손님이 끊긴 것은 그런 것과는 비교도 할 수 없는 큰 문제다.

"뭐지? 그렇게 갑자기 라멘의 인기가 떨어질 리가 없는데."

안나는 고개를 갸웃했다.

일찍이 란정을 홍보하기 위해 모험가 길드 앞에서 포장마차를 했을 당시를 떠올렸다.

그때는 파스타 가게가 란정을 망하게 하려고 비싼 약초가 들어간 파스타를 원가보다 싸게 팔아 손님을 빼앗아 갔었다.

하지만 아무렴 축제 때 그렇게까지 하는 반은 없겠지.

게다가 지금은 라멘의 맛뿐만 아니라 니나의 귀여움으로 손님을 끌고 있었다.

거의 무적이나 다름없을 텐데…….

"아, 그래. 니나와 동격의 귀여움을 가진 사람이 있었어."

안나는 짝 하고 손뼉을 쳤다.

그러자 반 아이들도 납득한 표정을 지었다.

"그, 그래…… 로라가 있었어!"

"아까 샬롯하고 같이 왔었는데…… 메이드복이 귀여웠어."

"그거라면 손님이 빠져나가는 것도 이해가 되네."

그렇다. 로라의 귀여움은 반칙인 것이다.

니나도 동격이지만, 투입하는 타이밍이 너무 일렀다.

인간이란 새로운 것에 흥미를 느끼기 마련이다.

"나, 난 어쩌면 좋지……?"

니나는 쟁반을 든 채 우왕좌왕했다.

손님이 줄어든 것에 책임을 느끼는 모양이다.

"괜찮아. 니나는 잘못 없어. 지금까지 하던 대로 손님을 상대해 줘."

안나는 니나의 머리를 쓰다듬으면서 지시했다.

실제로 니나는 아무 잘못도 없었다.

도와 주러 왔을 뿐인데 열심히 일해 줘서 감사하고 싶을 정도였다.

따라서 그녀에게 이 이상을 기대하는 것은 온당치 않다.

전사학과 1학년끼리 지혜를 짜내야 한다.

"어쩌지…… 로라를 오믈렛으로 유인해서 이쪽으로 빼돌리는 건?"

"그럼 샬롯도 오믈렛으로 다시 유인하겠지."

"로라, 두 오믈렛 사이에서 흔들리다가 두 개로 갈라질 것 같아……."

"그 이치라면 오믈렛 수만큼 분열해야겠지."

"그럴 것 같아……."

"아무렴 그건 좀……."

"그래도 로라가 많으면 재밌을 것 같아. 한 명 갖고 싶어."

"아, 나도! 데리고 갈래."

점점 주제를 벗어나기 시작했다.

역시 로라는 위험해라고, 감탄만 하고 있을 수도 없었다.

뭔가 대책을 마련하지 않으면 손님은 돌아오지 않는다.

물론 이건 어디까지나 축제 행사라서 진다고 어떻게 되는 건 아니다.

하지만 지는 건 단순히 분하다.

"그래! 여기 있는 것도 인연인데 도와 달라고 하자."

안나는 졸고 있는 대현자를 보고 생각했다.

"안나. 무슨 말이야?"

반 아이들의 질문에 안나는 작전을 대강 설명했다.

"학장님은 유명인에다 미인이야. 학장님을 점원으로 영입하면 분명 손님이 돌아올 거야."

"그러게! 근데 도와 주실까……?"

"부탁해 볼게."

안나는 다른 학생들과 달리 대현자와는 친구 같은 사이여서 대화하는 것도 익숙했다.

"학장님. 일어나. 일어나."

안나는 쌕쌕거리며 자는 대현자의 어깨를 조용히 흔들었다.

그러자 대현자는 뭐라고 우물거리면서 몸을 일으켰다.

"어머…… 나도 참 깜빡 졸아버렸네."

"잔다고 분명히 말하고 잤어."

"그랬었나? 그랬던 것 같기도 해."

"아직 라멘 값도 계산 안 했어."

"미안. 지금 낼게."

"그리고 학장님이 오랫동안 자리를 차지하는 바람에 자리 회전이 나빠졌어. 그러니까 보상금으로 라멘 100인분 값을 청구할게."

"앗, 아…… 지금 그런 돈은 없는데."

고리대금업자도 울고 갈 안나의 요구에 대현자는 당황했다.

반 아이들도 놀라서 눈을 동그랗게 떴다.

"못 내면 몸으로 대신 갚아."

"안나. 그런 말은 어디서 배워 오는 거야?"

대현자는 씁쓸히 웃었다.

"사족은 거기까지. 학장님은 라멘 가게 점원으로 일해 줘야겠어."

"아아, 그런 뜻? 그거라면 문제없어. 전에도 란정을 도운 적이 있고, 차이나 드레스도 싫지 않으니까."

"좋아. 마침 차이나 드레스가 한 벌 남았으니까 갈아입어."

안나는 교실 구석에 놓인 자루에서 남은 차이나 드레스를 꺼내 대현자에게 내밀었다.

그리고 커튼을 떼어 냈다. 여학생들이 떼어 낸 커튼을 들고 펼쳐 임시 탈의실을 만들었다.

"여기서 갈아입히려는 거야? 안나, 상당히 강압적이네."

"학장님의 배짱이라면 할 수 있어."

"후후, 고마워."

대현자는 미소 짓고는, 차이나 드레스를 들고 커튼 뒤로 사라졌다.

그 모습을, 남자 손님들이 지그시 응시했다. 아니, 남학생들도 마찬가지였다.

아무리 커튼으로 가렸어도 학장님의 훌륭한 실루엣이 살짝 비쳤다. 보통은 이런 장소에서 옷을 갈아입는 것은 부끄러운 일이다. 그러나 대현자는 삼백 년 가까운 세월을 살아온 존재이니 인간의 정신 따위는 초월했을 거다 하고 생각했더니—.

"자, 잠깐, 안나…… 이 차이나 드레스, 누가 만들었어……? 슬릿도 너무 깊고…… 등도 다 드러나잖아……."

커튼 속에서 수치심으로 물든 대현자의 목소리가 들려왔다.

"우리가 입은 차이나 드레스는 전부, 란 씨한테 배우면서 직접 만들었어. 그건 남은 천으로 장난삼아 만든 거야. 그래서 천 면적이 작아. 평범한 사람의 정신력으로는 입을 수 없는, 금단의 장비지."

"내 정신력으로도 무리 같은데?"

"할 수 있어. 생중계 갈아입기로 남자들의 시선을 잡아 두고 있는 학장님이라면 가능해."

"그건 어차피 커튼 너머니까. 이걸 입고 사람들 앞에 나서는 게 일억 배는 더 부끄러워."

"그만 구시렁대고 얼른 입어. 혹시 도망치면 대현자가 라멘 값 떼먹었다고 왕도 전체에 소문낼 거야. 분명 로라도 차가운 눈총을 보내겠지."

"……안나. 넌 분명, 거물이 될 거야……."

대현자는 체념했는지 부스럭거리며 옷을 벗기 시작했다.

그 모습을 복도에서 본 남자들은 예외 없이 교실로 들어왔다.

"대현자가 생중계로 옷을 갈아입고 있어……."

"믿을 수 없어……."

그런 소곤거리는 목소리가 들려왔다.

남자뿐만 아니라 여학생들까지 얼굴을 붉히고 그 모습을 지켜봤다.

"우와아, 학장님, 실루엣만으로도 굉장한 몸매…… 같은 여자지만…… 만지고 싶어……!"

"나였으면 너무 부끄러워서 죽었을 거야……. 역시 대현자는 대단해."

"게다가 **그** 차이나 드레스잖아?"

"알몸보다는 어느 정도 낫다 싶은 옷……."

"그건 옷이 아니야. 천이야, 천."

지독한 반응이지만, 안나도 그 차이나 드레스는 지독하다고 생각했다.

한창 만들 때는 반에서 반응이 좋았지만, 그것은 입을 사람이 나타나지 않을 거라고 생각했었기 때문이다.

안나라면 죽어도 입고 싶지 않다. 만약 자신이 대현자였다면 망설임 없이 차원 창고로 도망쳤을 것이다.

그런데도 약속을 지키고 묵묵히 갈아입는 대현자는…… 교육자의 귀감이다.

"안나. 이거…… 속옷이 다 보이는데……?"

"그럼 속옷을 안 입으면 돼."

"쉽게 말하는구나…… 에잇, 이렇게 된 거. 모르겠다!"

역시 대현자는 괜히 대현자가 아니다.

보통은 사보자기하면 도망친다.

"자…… 갈아입었어……."

커튼 너머에서 가냘픈 목소리가 들려왔다.

이렇게 한심한 대현자의 목소리는 처음이다.

"커튼을 열게."

안나의 신호에 임시 탈의실은 제거됐다.

민망한 차림의 대현자가 그대로 드러났다.

"굉장해……."

누구의 것인지 몰라도, 아주 단적인 중얼거림이 새어 나왔다.

그것은 대현자의 현재 상황을 더없이 정확히 나타냈다.

안나와 반 아이들이 입은 차이나 드레스도 제법 슬릿이 깊어서 허벅지가 드러나 있지만, 대현자는 그런 차원이 아니다. 한눈에

『노 팬티』라는 것을 알 수 있었다.

그리고 앞가슴이 훤히 드러나, 박력 넘치는 골이 그대로 보이는 굉장한 모습이었다.

아니, 골뿐만 아니라 옆 가슴도 보였다. 살색은 그대로 등으로 이어졌다.

정면에서는 모르지만 등은 완전히 맨살이다. 엉덩이도 골이 살짝 드러났다.

"뭔가 아까보다 남자가 많아졌어…… 교실의 습도가 달라……."

대현자는 온 피부를 붉게 물들이고 어쩔 줄 몰라 했다.

어쩐지 안나까지 부끄러워졌다.

"……괜찮아. 신경 안 쓰면 돼. 마신과 싸운 것에 비하면 쉬운 시련이야."

"종류가 너무 달라서 비교할 수 없는데……. 아마도, 살면서 가장 부끄러운 순간일 거야……."

대현자는 차이나 드레스를 잡아당겨 어떻게든 노출을 줄이려고 애썼다.

그 몸짓이 참을 수 없이 야릇했다. 남자들의 시선이 못 박혔다. 여자라고 예외는 아니었다.

도저히까지는 아니지만, 대현자는 접객을 할 수 있는 상태가 아니었다. 하지만 대현자는 있어 주는 것만으로 충분했다. 남자 손님이 멋대로 몰려들었다.

어른의 매력. 이것은 로라에게는 없는 요소다.

전사학과 1학년은 대현자의 어른의 매력을 무기로 싸우는 거다.

※

마법학과 1학년의 메이드 카페는 로라를 보러 온 손님들로 북적였다.

손님이 너무 많아서, 만들어 둔 치즈 케이크와 도넛, 쿠키가 떨어질까 걱정했을 정도였다.

그러나 불행인지 다행인지 그 걱정은 기우에 그쳤다.

"으음…… 또 손님이 줄기 시작했어요……."

남녀노소가 뒤섞인 십수 명의 행렬이, 어느새 사라지고 없었다.

교실 안은 아직 만석이지만, 머지않아 빈자리가 생길 거다.

"분명 안나 반이 뭔가를 한 거예요. 정찰을 다녀올게요!"

샬롯은 프릴이 잔뜩 달린 치마를 팔랑거리면서 뛰어갔다.

전사학과 1학년 교실은 같은 일 층에 있다.

중간에 화장실이나 교재 보관소를 끼고 있지만, 그냥 걸어도 일 분도 되지 않아 도착한다. 그래서 탐정 샬롯은 곧바로 정보를 갖고 돌아왔다.

"크, 큰일 났어요! 저쪽은 최종 병기를 쓰고 있어요!"

돌아오자마자, 샬롯은 큰 소리로 외쳤다.

"최종 병기? 그게 뭔데요?"

로라는 짚이는 게 없어서 고개를 갸웃할 뿐이었다.

케이트와 반 아이들, 반장도 덩달아 고개를 갸웃했다. 그러자 하쿠도 흉내를 내, 파닥파닥 날면서 고개를 갸웃했다.

"이 학교의…… 아니, 세계의 최종 병기예요!"

"좀 더 구체적으로 말해 주세요."

"로라, 느리군요! 최종 병기라면…… 학장님일 게 뻔하잖아요!"

"네에?! 분명 학장님은 최종 병기로 불릴 만큼 강하지만…… 설마, 학장님이 오가는 사람들에게 강제로 라멘을 팔고 있나요……?!"

"아주 비슷해요! 학장님이…… 야릇한 차림으로 손님을 끌고 있어요! 너무 야릇해서, 손님이 빨려 들어가듯이 라멘 가게로 들어가고 있었어요!"

"하, 학장님이 야릇한 차림을……? 차이나 드레스라는 건가요?"

"그건 차이나 드레스 같은 좋은 옷이 아니에요! 그냥 천이에요! 천 조각이에요!"

샬롯은 얼굴을 붉게 물들이고 흥분해서 말했다.

떠올리는 것만으로도 얼굴이 붉어지다니, 어지간히 야릇했던 것이 틀림없다.

그러나 로라는 그런 쪽으로는 잘 몰라서 앎아서 도무지 상상이 되지 않았다.

그래도 애써 상상해 보려 팔짱을 끼고 끙끙거리고 있는데, 옆에서 케이트가 턱에 손을 붙이고 끄덕였다.

“확실히, 학장님은 외설스러운 몸매야. 평상복 차림일 때도 티가 날 정도니, 야릇한 옷을 입으면 그건 이미 최종 병기 중의 최종 병기야.”

그러자 반장이 뺨을 붉게 물들이면서 안경을 손가락으로 휙 끌어 올리고 작게 중얼거리기 시작했다.

“교, 교육자가 그런 미인계를 쓰다니…… 바람직하지 않아…… 항의하기 위해서라도…… 그, 야, 야릇한 차림을 보러 가야겠어…….”

“아아. 반장, 궁금한가 봐~.”

그런 케이트의 지적에 반장은 더욱 새빨개져서 항의했다.

“따, 딱히 궁금해서가 아니라! 난 이 반의 반장으로서, 건전한 학교생활을 위해서, 외설스러운 건 바람직하지 않다는 단호한 의사 표명을…….”

“네, 네. 무슨 말인지 모르겠지만, 보러 가자~.”

케이트가 앞장서서 복도로 뛰쳐나갔다. 반장이 투덜거리면서 그 뒤를 따랐다. 로라도 질세라 하쿠를 품에 안고 달려 나갔다.

“아아, 로라. 안 돼요. 지금 학장님은 교육에 안 좋아요~~.”

그렇게 말하면서, 샬롯이 쫓아갔다. 다 같이 우르르 전사학과 1학년 교실 앞까지 몰려갔더니 확실히 스무 명 정도 줄이 있었다. 남녀를 불문하고 어쩐지 들뜬 모습이었다.

그 줄 틈으로 교실 안을 들여다보며, 몹시도 흥분한 목소리로 「야릇합니다! 야릇합니다!」 하고 절규하듯 외치는 소녀가 있었다.

얼굴을 보지 않아도 목소리만으로 알 수 있다.

오이세 마을에서 온 수인 미사키였다.

그녀는 여우의 귀와 꼬리를 격렬히 움직이면서 눈을 붉게 충혈시키고 있었다.

어지간히 굉장한 걸 본 게 틀림없다.

"미사키…… 그렇게 굉장한가요……?"

로라는 조심스럽게 물었다.

"로라에몬 씨군요! 굉장하다마다요! 대현자님이 야릇한 차림을 하고 있다기에 보러 왔습니다만…… 상상 이상입니다! 대현자님은 사실, 야릇한 대현자였던 것입니다!"

미사키는 이전부터 야릇한 것에 관심이 많았지만, 그런 그녀가 이렇게까지 말하니 정말로 굉장한 거겠지. 어쩐지 로라도 궁금해졌다.

"미사키…… 저도 보여 주세요……!"

"로라에몬 씨도 꽤나 음흉하군요!"

미사키는 꼬리를 파닥거리면서 자리를 양보했다.

로라는 감사히 줄과 문 사이로 머리를 들이밀었다.

그러자 로라의 머리 위에서 케이트와 반장도 교실 안을 들여다봤다.

"아아, 안 돼요…… 그건 소녀가 보는 것이 아니에요……."

뒤에서 샬롯의 가냘픈 목소리가 들려왔다.

그러나 진심으로 말릴 생각은 없는 모양이다.

그보다, 샬롯도 틈으로 머리를 밀어 넣은 게 아닌가.

이러쿵저러쿵하면서도 한 번 더 보고 싶은 거다.

"어디 그럼 학장님은…… 아앗, 굉장해!"

대현자를 본 순간 로라는 참지 못하고 소리쳤다. 샬롯과 미사키 말대로, 상상을 초월한 모습이었다.

원형은 차이나 드레스인데, 천의 면적이 너무 작아서 이미 다른 옷……이라기보다, 옷이 아니다.

야릇한 무언가다.

저런 걸 입고 남들 앞에 서다니 역시 대현자야, 하고 로라는 감탄하고 말았다.

하지만 그런 대현자도 결국은 사람이었다. 수치심은 확실히 있는지 빨개진 얼굴로 교실 구석에서 접객은 하지 않고 어쩔 줄 몰라 하고 있었다.

대현자는 언제나 초연하고, 무슨 일에도 동요하지 않는다는 인상이었다.

그런 그녀가 이렇게 궁지에 몰릴 거라고는 로라는 상상도 하지 못했다.

일찍이 꿈 속 세계에서 봤던 마신과의 싸움보다 어떤 의미로 위기일 것이다.

"학장님…… 어쩌다가 그런 차림을……."

"아아, 로라…… 결국 너한테도 보이고 말았네…… 얘기하면 길어지는데…… 모든 건 안나가 꾸민 일이야……."

대현자는 눈물을 글썽이며 떨리는 목소리로 하소연했다.

"얘기해도 안 길어. 요는, 학장님이 무전취식을 해서 몸으로 때우게 한 것뿐이야."

안나는 자못 당연하다는 얼굴로 중얼거렸다.

"무, 무전취식?! 학장님, 돈이 없으세요?!"

"아니야, 로라. 난 내려고 했어…… 근데 라멘을 먹고 배가 부르니까 졸음이 와서…… 그리고 정신이 들고 보니, 오랫동안 자리를 차지하고 있었던 대가로 라멘 100인분 값을 내라고 했어……."

"당연한 요구지."

안나는 그렇게 말하며 브이 자를 그렸다.

"으, 음…… 자리에 앉아서 잔 학장님도 잘못했지만…… 100인분은 좀 너무한 것 같아요…… 니나, 학장님을 도와 주세요."

"응?! 난 그냥 도와 주는 입장이라, 경영 방침에는 참견할 수 없어……."

갑자기 대화에 거론된 니나는 깜짝 놀라 어깨를 떨면서 빠르게 말하고는 접객 일로 돌아갔다.

아무래도 최대한 대현자에게 눈길을 주지 않으려는 것 같다. 야릇한 게 부끄러운 걸까.

"로라, 로라. 학장님의 야릇함에 홀려 있을 때가 아니야. 이 야릇함에 대항하기 위한 작전을 짜야 해!"

그런 케이트의 목소리가 머리 위에서 들려왔다.

"그, 그렇죠……! 야릇한 모습에 현혹됐었어요!"

"뭐 해. 반장도 현혹되지 마. 돌아가자."

"앗! 딱히 현혹된 적 없어!"

"방금 『앗』이라고 했잖아. 현혹됐었잖아."

"아냐!"

그런 대화를 하면서 로라 일행이 자리를 뜨려는데, 미사키가 다시 입구 앞에 서서 안을 들여다보며 「야릇합니다!」라며 귀와 꼬리를 파닥거리기 시작했다.

어지간히 대현자의 차림이 마음이 든 모양이다.

그런 미사키의 목소리에 낚여, 더욱 사람들이 몰려들었다.

빨리 무슨 수를 쓰지 않으면 큰일이다.

로라는 우선 미사키를 마법학과 1학년 교실로 데리고 가기로 했다.

"느아아. 로라에몬 씨. 팔을 잡아당기지 마십시오. 저는 좀 더 여기서 구경하고 싶은 것입니다!"

"미사키가 거기 있으면 라멘 가게에 점점 더 사람이 몰려서 안 돼요!"

"수인의 인권 침해인 것입니다!"

인권 문제를 들먹이며 미사키는 어떻게든 로라의 팔에서 벗어나려 했지만, 안타깝게도 아무도 인권 문제에 관심을 갖지 않았다.

※

미사키를 억지로 끌고 마법학과 1학년 교실로 돌아오자, 역시 메이드 카페에는 빈자리가 드문드문 나 있었다.

어떻게든 이 빈자리를 채우고, 복도까지 이어지는 행렬을 부활시켜야 한다.

따라서 로라, 샬롯, 케이트, 반장 넷이서, 어떻게 하면 『야릇한 대현자 칼로테 길드레아』를 이길 수 있을지 회의하기 시작했다.

중간에 미사키가 도망치려 해서 회의에 참가시키기로 했다.

"자, 모처럼이니까 미사키도 메이드 카페의 부흥을 위해 의견을 내 주세요."

"갑자기 그렇게 물어도 곤란한 것입니다……. 일단, 야릇한 것에 대항하기 위해서는 역시 야릇한 것이 좋다고 생각합니다."

"그냥 미사키가 야릇한 걸 보고 싶은 거 아니에요?"

"그, 그렇지 않습니다!"

미사키는 시선을 방황하며 부정했다.

"그래도, 미사키가 한 말은 비교적 핵심을 찔렀다고 생각해. 축제는 오늘하고 내일 이틀뿐이고. 빠르게 손님을 끌려면 역시 에로스밖에 없어."

케이트는 진지한 얼굴로 말했다.

"흠. 에로스군요! 하지만 학장님께 대적할 에로스를 가진 사람이 있나요?"

로라는 의문을 던졌다.

어쨌든 학장님은 어른 여자다. 온몸에서 성적 매력이 배어 나온다.

한편 이쪽은 소녀다.

아홉 살인 로라는 제외해도 케이트는 16세, 반장은 17세다.

그 외에도 여학생은 있지만 모두 십 대였다.

어른의 매력과는 거리가 멀었다.

“무엇보다, 학장님 옷에 대항할 옷 같은 건 우리한테 없어.”

반장도 문제점을 지적했다.

이 메이드 카페에는 상당히 치마 길이가 짧은 메이드는 제법 있지만, 대현자는 그런 차원이 아니었다.

허벅지가 보이거나 앞가슴이 벌어진 정도로는 대항할 수 없다.

“바니 걸 같은 건 어때? 일단 토끼 귀 카추샤라면 있어. 메이드복에 하면 귀여울 것 같아서 사 뒀어~.”

“토끼 귀가 있어도 핵심인 바니 슈트가 없으면 소용없잖아.”

케이트의 제안에 반장이 퇴짜를 놨다.

“샬롯, 집에 바니 슈트가 남아돌거나 하진 않나요?”

“없어요. 로라, 저희 집을 뭐라고 생각하는 거예요?”

“그게 아니라, 메이드복이 남아돌면 바니 슈트도 남아도나 해서요…….”

“어떤 상황에서 바니 슈트가 남는다는 거죠?!”

샬롯은 섭섭한 얼굴을 했다. 그러나 로라의 입장에서는 메이드복이 남아도는 집이라는 시점부터가 이해할 수 없었다. 부잣집이니까 뭐든 남아돌게 해 두면 좋을 텐데……라고 로라는 속으로 중얼거렸다.

“바니 슈트가 없으면 바니 슈트에 비교적 가까운 걸로 대체하면 되는 것입니다. 창의력을 발휘할 때입니다!”

"그렇군요! ……하지만 바니 슈트에 가까운 게 있었나요?"

"학교 지정 수영복입니다. 학교 수영복입니다. 짙은 감색이고, 비슷한 것입니다."

"음…… 그럴까요……?"

이 길드레아 모험가 학교에는 그럭저럭 큰 사각 풀장이 있다.

여름 방학에 들어가기 전인 7월이나 2학기가 시작되는 9월 초에 수업으로 몇 번인가 사용했었다.

로라는 호숫가 마을 출신이라서 수영에는 능숙하지만 의외로 헤엄치는 법을 모르는 학생이 있어서 놀랐던 기억이 있다.

그 수업 때 입는 것이 학교 수영복이다.

미사키가 말한 것처럼 짙은 감색이고, 노출이 적은 원피스 형태다.

"뭐, 토끼 귀에 커프스랑 나비넥타이를 달면 바니 걸처럼 보이지 않으……려나?"

반장은 천천히 말했다.

머릿속으로 완성된 그림을 떠올리고 있을지도 모른다.

"커프스랑 나비넥타이도 있어~. 거기에 검은 스타킹을 신으면 완벽해~."

"스타킹은 수영복 안에 입나요?"

"그래야지~? 팬티 대신 팬티스타킹 바로 입기!"

"야릇합니다! 야릇합니다!"

미사키가 몹시 흥분했다. 다시 말해, 야릇한 대현자에 대적할 수 있을지도 모른다는 뜻이다. 그러나 문제는 누가 바니 걸이 되느냐다.

대현자가 입은 옷이랄까, 천은 분명 선정적이지만 무엇보다 대현자 자신이 『외설스러운 몸매』이고, 또 어른의 매력을 갖고 있기에 그만한 효과를 발휘하는 것이다.

어떻게든 어른의 매력을 가진 사람을 구해야 해. 그렇게 로라가 골머리를 썩고 있을 때.

교실에 어른이 찾아왔다.

"다들 잘 하고 있니? 왠지 전사학과의 라멘 가게에 손님을 빼앗기고 있는 느낌인데?"

그것은 담임인 에밀리아였다.

로라 일행은 얼굴을 마주 보고 끄덕였다.

"에밀리아 선생님은 확실히 성인 여성이에요."

"그리고 미인이에요."

"사실은 상당히 외설스러운 몸매고~."

"안경을 쓴 것도 학장님과 차별화돼서 좋지 않을까?"

"에밀리아 선생님도 야릇합니다!"

그러자 에밀리아는 인상을 썼다.

갑자기 「외설스럽다」느니 「야릇하다」느니 같은 말을 들으면 누구나 그러리라.

"너희들, 무슨 얘기야? 어릴 때부터 이상한 말을 배우면 못 써."

에밀리아는 교육자답게 진지한 말을 하기 시작했다.

그런 성실하고 학생을 생각하는 에밀리아에게 이제부터 부끄러운 차림을 하게 하는 것은 무척 가슴 아픈 일이었다. 그러나 이것도 장사를 위해서다. 어쩔 수 없는 일이다.

"킁킁…… 에밀리아 선생님…… 라멘 냄새가 나는 것 같아요."

"아, 뭐, 아까 먹었으니까……?"

좋았어, 하고 로라는 주먹을 불끈 쥐었다.

냄새만으로 라멘을 먹었는지 안 먹었는지 판별하는 기술이, 로라에게 있을 리가 없다. 그러나 에밀리아는 걸려들었다.

"그렇다는 건, 학장님의 야릇한 호객 행위도 보신 거네요?"

"봤어. 굉장했어……. 그렇게 부끄러워하는 학장님은 처음 봤어. 다음에 그걸로 놀려볼까."

이제부터 자신도 대현자와 같은 수렁에 빠지리라는 사실도 모른 채 에밀리아는 완전히 남 일처럼 말했다. 로라는 눈물을 삼키며, 존경하는 에밀리아 선생님을 수렁 속으로 밀어 넣었다.

"솔직히, 저희들 힘으로는 학장님에게 대적할 수가 없어서…… 에밀리아 선생님께서 발 벗고 나서 주셔야겠어요!"

"발 벗고 나서……? 뭐, 돕는 것은 상관없지만…… 뭘 도우면 되는데?"

아직 에밀리아는 상황 파악이 안 됐는지 멍한 얼굴이었다.

그래서 로라는 단도직입적으로 말하기로 했다.

"일단은 벗어 주세요."

"……뭐?"

"옷을 벗어 주세요. 빨리요!"

"자, 잠깐만 로라. 갑자기 무슨 소리야? 저기, 다들. 이게 무슨 소리야?"

에밀리아는 다른 학생들에게도 시선을 옮겼다.

반장, 케이트, 끝으로 샬롯과 미사키를 잠깐씩 쳐다봤다.

쳐다보는 시간의 차이는 믿음의 차이일지도 모른다 라고, 로라는 비정한 생각을 하고 말았다.

"단도직입적으로 말씀드릴게요 에밀리아 선생님이 바니 걸 차림을 하시고, 에로스로 호객을 하는 거예요!"

"야릇한 작전에는 야릇한 작전으로 대항하는 것입니다!"

샬롯과 미사키가 에밀리아에게 바싹 다가섰다.

아마도 샬롯은 진지하게 메이드 카페의 매출을 생각하는 것이겠지만, 미사키는 그저 야릇한 작전을 하고 싶은 것이 틀림없다.

"그러니까…… 단도직입적이라고 해도 전혀 무슨 말인지 모르겠어. 학장님 때문에 손님이 준 건 알겠지만, 그렇다고 왜 내가 바니 걸이 되는데?"

에밀리아의 말투는 당혹감에서 분노를 띤 것으로 변해갔다.

그렇지만 이것은 로라도 예상한 반응이었다.

따라서 되돌려 줄 말도 준비되어 있었다.

"에밀리아 선생님. 저희 메이드 카페가 이렇게 위기인데, 경쟁 상대인 라멘 가게에서 먹고 오셨군요."

"아…… 그, 그런데……."

"너무해요. 배신이에요. 배가 고프시면 저희 가게에서 드시면 되잖아요!"

미리 생각해 둔 궤변이기는 하지만 진심도 섞여 있었다.

아까부터 다 같이 머리를 맞대고 라멘 가게를 이길 방법을 생각하고 있는데, 담임이 라멘 가게 매출에 공헌하다니 무슨 일인가.

"하쿠도 그렇게 생각하죠?"

"삐이?"

갑자기 대화에 소환된 신수는 로라의 머리 위에서 의아하다는 듯이 울었다.

"보세요. 하쿠도『맞아, 맞아』라고 했어요!"

"저, 정말이야……?"

에밀리아는 의심스러운 듯이 말했지만, 로라는「정말이에요!」라고 잘라 말했다.

거짓말이 능숙해진 사실에 스스로도 놀랐다.

아주 나쁜 아이가 되고 말았다.

집에 계신 부모님이 본다면 슬퍼할지도 모른다. 그러나 반이 승리를 거머쥐기 위해서다.

마음을 모질게 먹고, 에밀리아에게 야릇한 의상을 입히는 거다.

“이제 에밀리아 선생님밖에 기댈 사람이 없어~. 에밀리아 선생님이 도와 주면 나 다음 시험 공부 열심히 할게~.”

“저도 부탁드릴게요. 그리고 에밀리아 선생님은 원래부터 매력적인 여성이에요. 그걸 어필하면, 멋진 남자분이 나타날지도 몰라요.”

반장이 진지한 얼굴로 말했다. 평소에도 고지식한 그녀가 하는 말이니 상당히 설득력이 있었다. 순간 로라도 믿을 뻔했다.

그러나 반장은 축제 준비를 하면서 상당히 재미있어졌다. 누구의 영향인지 몰라도 전보다 친해지기 쉬워서 좋은 변화였다.

그러나 그것을 모르는 에밀리아는 완전히 넘어가 버린 모양이다.

“정말……? 멋진 사람이, 나타날까? 앗, 딱히 그게 목적이 아니라 진지하게 내가 맡은 반을 돕고 싶은 것뿐이야!”

“네, 알아요. 에밀리아 선생님은 정말로 학생들을 생각하는 선생님이니까요.”

“우린 에밀리아 선생님을 존경해~.”

"에밀리아 선생님이라면 맡아 주실 거라고 믿었어요!"
"가끔은 야릇한 것도 좋은 것입니다!"
"바니 걸, 틀림없이 어울릴 거예요! 온갖 생물의 주목을 받을 게 틀림없어요!"
"삐이!"
로라 일행은 에밀리아를 에워싸고 사방에서 치켜세웠다.
그러자 에밀리아는 아주 싫지만도 않은 표정을 지었다.
"그렇게까지 말한다면…… 할 수 없지……."
공략 완료다.

※

에밀리아의 마음이 변하기 전에 로라 일행은 그녀를 탈의실로 데리고 갔다.
그리고 가장 체격이 비슷한 케이트가 방으로 달려가 학교 수영복을 들고 왔다.
"자, 에밀리아 선생님~. 이걸로 갈아입어~."
"잠깐…… 바니 걸이라고 했으면서…… 이건 학교 수영복이잖아!"
탈의실에서 에밀리아가 항의했다.
"바니 슈트는 비싸서 못 사~. 지금부터 구하는 건 힘드니까 이

걸로 대체할게~."

"웃기지 마! 난 이미 스물세 살이야! 학교 수영복이라니…… 변태 아냐?"

"괜찮습니다. 수요가 있을 것입니다."

"에밀리아 선생님은 미인이니까 괜찮아~."

각자 적당한 말로 에밀리아를 달랬다. 그러나 쉽사리 갈아입어 주지 않았다.

"의외로 그런 게 남자분한테 먹힌다는 이야기를 들은 적이 있어요."

신망이 두터운 반장이 안경을 반짝이면서 말했다.

"그런 변태한테 호감 사고 싶지 않아!"

에밀리아는 안경을 미끄러뜨리면서 대꾸했다.

안경 동지의 목소리조차 소용없는 모양이다.

이렇게 된 이상, 실력 행사가 있을 뿐이다.

"에밀리아 선생님께 원한은 없지만, 이것도 메이드 카페를 위해서예요! 각오하세요!"

"로, 로라, 해 보려고……?! 좋아, 덤벼. 이래 봬도 몰래 수행하고 있어. 전처럼은 안 될 거야!"

입학 당시, 로라와 에밀리아는 일대일로 싸운 적이 있다.

그때는 로라의 압승이었다. 그리고 지금 다시 싸움의 막이 올랐다.

그 결과는…… 로라의 압승이다.

"와~. 굉장해. 로라, 에밀리아 선생님을 3초 만에 알몸으로 만들었어~."

케이트가 유쾌한 듯이 말했다.

그러나 알몸이 된 에밀리아는 물론 유쾌함이라고는 없이 비명을 지르며 주저앉았다.

"에밀리아 선생님. 져서 분한 마음은 저도 이해하지만, 그렇게 웅크릴 필요는 없지 않나요?"

"분한 게 아니라 그냥 부끄러운 거야!"

"그러니까 진 게 부끄럽다고 해서—."

"알몸이 부끄러워!"

에밀리아가 그렇게 외치자 샬롯은 못마땅한 얼굴을 했다.

"알몸이 뭐가요?! 그런 건 패배의 고통에 비하면 아무것도 아니에요!"

"그럼 샬롯도 로라한테 옷이 벗겨져 봐!"

그 말을 듣고, 샬롯은 눈을 끔벅거렸다. 이윽고 3초 후, 뺨에 손을 붙이고 얼굴을 붉혔다.

"로, 로라가 절 알몸으로…… 어머, 싫어요…… 하지만 로라가 정 원한다면…… 로라, 부드럽게 해 주세요……."

"진정하세요, 샬롯! 지금 그건 상상 속의 저예요! 그보다 매일 같이 목욕하면서 새삼스럽게 무슨 생각을 하는 거예요!"

로라는 황급히 샬롯을 제정신으로 돌려놓기 위해 말했다.

"앗! 다른 사람도 아닌 내가…… 에밀리아 선생님! 특수 마법인가 뭔가로 절 현혹했군요……."

"안 했어. 안 했어."

샬롯이 너무나도 멍청한 짓을 해서인지, 에밀리아는 냉정한 지적이 가능할 정도로 안정을 되찾은 모양이었다.

"하아…… 알았어. 입을게, 학교 수영복. 아직 아슬아슬하게 괜찮겠지, 분명……."

"완전 괜찮아~. 괜찮아~."

"아, 에밀리아 선생님. 먼저 이 팬티스타킹을 입으세요."

에밀리아는 반장이 내민 검은 팬티스타킹을, 깊은 한숨과 함께 받아 들었다.

"아아, 에밀리아 씨의 바니 걸 모습, 기대됩니다!"

미사키가 귀와 꼬리를 팔락거리면서 말했다.

"네, 네. 그 기대되는 바니 걸이 될 테니 저쪽 봐."

"어째서입니까? 이미 알몸이니 더 부끄러울 것은 없습니다."

"기분 문제야! 됐으니까 전부 벽 쪽으로 돌아서!"

그런 걸까 하고 생각하면서 로라는 벽 쪽으로 돌아섰다.

로라에 이어 다른 모두도 뒤로 돌아 같이 흰 벽을 바라봤다.

그러자 등 뒤에서 에밀리아가 스타킹을 신는 소리가 들려왔다. 이어서 학교 수영복을 입는 소리가 났다. 소리밖에 없으니 오히려 상상력이 자극되어 야릇한 공간에 있는 듯한 기분이 들었다.

그보다, 실제로 야릇하다.

입학 전의 로라는 담임을 강제로 알몸으로 만들고, 학교 수영복을 입히는 날이 오리라고는 상상도 하지 못했다.

인생이란 정말 심오한 것이다. 아직 아홉 살인데 이런 일이 일어나는 것을 보면 어른이 되면 더 굉장할 게 틀림없다.

"갈아입었어!"

이윽고 에밀리아의 자포자기한 것 같은 목소리가 들려왔다.

로라 일행은 동시에 뒤를 돌아봤다. 그러자 그곳에는 토끼가 있었다.

비슷한 체격이라서 케이트의 학교 수영복을 줬지만 가슴 크기는 에밀리아의 승리였다.

그보다, 소녀의 체형을 전제로 한 학교 수영복을 발육이 끝난 어른이 입었으니 당연히 터질 듯이 빵빵했다.

그리고 손목에는 흰 커프스, 목에는 붙인 옷깃과 나비넥타이, 다리를 감싼 검은 스타킹, 머리 위에는 흰 토끼 귀가 달린 카추샤, 엉덩이에는 복슬복슬한 꼬리도 달려 있었다.

틀림없다. 바니 걸이다.

바니 슈트를 학교 수영복으로 대체함으로써 야릇함이 배가된 바니 걸이다.

"우와아…… 생각했던 것보다 더 굉장해……."

"이건, 뭐랄까…… 설마 이 정도일 줄은……."

케이트와 반장이 에밀리아를 보면서 칭찬과 부끄러움이 뒤섞인 목소리로 말했다.

실제로 보는 것만으로도 부끄러워졌다.

"굉장히 야릇합니다!"

당연히 미사키는 몹시 흥분했다.

꼬리가 너무 빨리 움직이는 탓에 구미호처럼 보였다. 왠지 강할 것 같다.

"자, 잠깐. 그런 눈으로 보지 마……! 벗을래!"

"괘, 괜찮아요! 다들 호들갑을 떤 것뿐이에요. 노출은 별로 심하지 않아요. 보세요. 살이 드러난 건 팔뿐이고, 다리도 스타킹으로 가렸고…… 학교 수영복은 학교 지정이니까 건전해요! 에밀리아 선생님도 건전해요!"

"그래요, 괜찮아요. 에밀리아 선생님은 안심하고 그대로 복도를 걸어 교실로 가서 접객을 맡아 주세요. 부끄럽다고 생각하니까 부끄러운 거예요! 그렇죠? 하쿠!"

"삐이?"

"하쿠도 맞아, 맞아래요!"

로라는 신수의 말을 날조함으로써 스스로에게 설득력을 부여했다.

그러나 에밀리아의 표정은 굳어졌다.

"로라. 거짓말할 때 하쿠를 끌어들이는 버릇은 버리는 게 좋아!"

"아앗! 그, 그럴 생각은……."

로라는 자신에게 그런 버릇이 있는 줄은 몰랐다.

그것을 깨닫게 해 주다니 역시 에밀리아. 교사의 귀감이다.

"그래도 에밀리아 선생님~. 약속은 약속이니까 부끄러워도 그 모습으로 접객 부탁해~."

로라가 풀이 죽어 있을 때, 케이트가 지원 사격을 날렸다.

그로써 에밀리아는 「끄응」 하고 입을 다물었다.

그렇다. 약속인 것이다. 학생과의 약속을 어기는 것은 교사로서 실격이다.

"말 안 해도 갈아입은 이상…… 할게! 자, 교실로 갈게! 학장님을 꺾을 테니까!"

에밀리아는 완전히 될 대로 되라는 심정이었다. 새빨개진 얼굴로 외치며, 경쟁하듯 탈의실에서 복도로 뛰쳐나갔다. 그리고 마법학과 1학년 교실까지의 짧은 여정 사이에 에밀리아의 뒤로 무리가 형성됐다. 그 수는 열 명 정도였고 그 대부분이 남학생이었다.

에밀리아는 이전부터 남학생들에게 열광적인 인기가 있었다.

미인에 스타일이 좋고 안경을 끼고 성실하고 실력도 실적도 좋고 그러면서도 살짝 못미더운 구석이 있는, 완벽한 척하지만 빈틈이 있는 것이 인기의 비결인 모양이다.

그런 에밀리아가 학교 수영복 바니 차림으로 걷고 있으니, 남학생으로서는 참을 수가 없는 거다.

"에밀리아 선생님, 대인기예요! 어쩌면 정말로 멋진 남자분이 나타날지도 몰라요."

로라는 에밀리아의 옆을 걸으면서 비교적 진지하게 말했다.

그러나 에밀리아는 뒤를 돌아보지도 않았다.

그저 생기 잃은 눈빛으로 앞만 보고 성큼성큼 걸었다.

그리고—.

"무시해…… 그리고 내 자신도 비우자. 난 그저, 학생들의 가게를 돕는 것뿐이야…… 아무 문제없어…… 이런 모습을 보인다고 시집을 못 가는 게 아냐……."

에밀리아는 중얼거리면서 마법학과 1학년 교실로 들어갔다.

자, 대현자와 대결할 시간이다.

※

학교 수영복 바니 걸 에밀리아 선생님은 압도적인 집객력을 발휘했다.

그것은 사춘기 소년의 이성을 파괴하는 행위였다.

거역할 수 없어, 거역할 수 없어 라는 비통한 목소리가 여기저기서 들려왔다.

더욱이, 어린 남학생뿐만 아니라 어른 남자들도 어두운 가로등 불빛 아래 모여드는 모기떼처럼 찾아왔다.

메이드 카페는 압도적인 남성 비율로 자리가 찼다.

복도에 줄을 선 것도 남성이다.

여성의 모습은 거의 보이지 않았다.

남녀노소를 불러 모은 대현자와는 수요가 다른 모양이다.

생각해 보니 대현자의 차림은 야릇할 뿐만 아니라 아름다웠다.

『아름다운 대현자』라는 별명은 진짜다.

반면 에밀리아는 오로지 성적(性的)인 매력뿐이다.

애당초 메이드 카페인데 메이드와 관계가 없다.

자기가 입히긴 했지만 이렇게까지 할 필요가 있었을까, 라는 의문이 로라는 들기 시작했다.

그러나 이미 엎질러진 물이었다.

에밀리아가 죽을 것 같은 수치심을 견디며 애써 주고 있으니 로라 일행도 분발해서 손님에게 최대한 돈을 우려내는 거다.

"굉장해…… 저 사람, A랭크 모험가 에밀리아지?"

"그러게…… 나, 숨은 팬이었어……."

"커피 한 잔 값에 이런 미인 바니 걸을 볼 수 있다니…… 오래 살고 볼 일이야……."

"대현자도 그렇고, 에밀리아도 그렇고, 이 학교는 대체 뭐지."

"이 학교 학생이라서 다행이야……."

"왜 난 2학년인 거야…… 1학년이 되고 싶어!"

그런 남성들의 다양한 의견이 들려왔다.

예외 없이 모두 입을 헤벌쭉 벌리고 있었다.

에밀리아는 그 시선들을 모르는 척하고 담담히 손님을 상대했다.

그 쿨한 태도가 참을 수 없이 좋다는 목소리가 들려왔다.

로라는 「인기가 많아서 다행이에요!」라고 말하려 했지만, 입장을 바꿔 생각해 보니 전혀 기쁘지 않았기에 그만뒀다. 그 정도 배려는 할 줄 알았다.

"에밀리아 선생님. 주문해도 돼요?"

"선생님, 저도요!"

"나도, 나도."

모두가 에밀리아를 불렀다.

로라를 비롯한 다른 점원들은 할 일이 없어지고 말았다.

"로라나 샬롯이 손이 비었으니까 저쪽에 주문해."

에밀리아가 그렇게 말해도 남학생들은 고개를 저으며 완강히

버텼다.

“에밀리아 선생님이 아니면 싫어.”

“정말. 다 커서 애처럼 굴지 마!”

“와아. 에밀리아 선생님한테 혼났다.”

이렇게 일부 학생들은 유아 퇴행마저 일으켰다.

더욱이, 질 나쁜 어른 손님도 있었다.

“에밀리아 씨라고? 그 귀여운 엉덩이 좀 만져봐도 되나?”

“될 리 없잖아요!”

늙은이에게 성희롱을 당하고, 에밀리아는 펄쩍 뛰며 소리쳤다.

몸을 던져 손님을 모아 주는 선생님을 위해, 적어도 성희롱에서는 지켜줘야 해 라고 생각한 로라는 차원 창고의 문을 열었다.

“음흉한 사람은 출입 금지예요!”

그리고 영감님을 암흑의 세계로 삼켰다. 출구는 교문 앞이다.

“이런 야릇한 토끼 점원이 있는데 음흉한 생각을 하지 말라니.”

그대로 돌아가 주길 바랐지만 사라지는 순간, 영감님은 그런 말을 남겼다.

과연 맞는 말이라고, 로라는 생각을 고쳤다.

“에밀리아 선생님. 엉덩이 정도는 만지게 해 줘도 되잖아요?”

“진지한 얼굴로 무슨 제안을 하는 거야! 이 차림만 해도 부끄러워 죽겠는데…… 애초에 이건 메이드 카페랑 관계없잖아!”

"그런 세세한 건 상관없어요. 아까 그 영감님을 다시 부를게요……자!"

"자라니!"

"아이, 자!"

자자, 하고 로라가 에밀리아에게 다가갔더니, 뒤에서 샬롯 일행이 로라의 입을 막고 팔을 붙잡았다.

"로라, 너무 지나쳐요!"

"야릇함 속에도 예의가 필요합니다!"

"에밀리아 선생님을 괴롭히지 마!"

그런 모두의 말의 끝에는 「로라는 계속 순진한 채여야 해. 어른의 계단을 오르는 건 너무 일러.」라는 마음이 있었다.

반장이 안경을 반짝이면서 로라에게 얼굴을 붙여왔다.

그러나 로라는 시치미 뗀 얼굴로 대꾸했다.

"어른의 계단을 오르는 건 제가 아니에요. 에밀리아 선생님이에요!"

"그렇군……."

반장은 그걸로 납득한 모양이다.

"그렇군이라니! 어째서 이런 식으로 어른의 계단을 올라야 하는데!"

에밀리아의 비통한 외침이 교실에 메아리쳤다.

그 다음 순간, 정적이 덮쳤다.

로라는 어째서 모두가 입을 다물었는지 모르고 고개를 갸웃했지만, 아무래도 로라 외에는 그 이유를 알았는지 에밀리아를 지그시 응시했다.

"에밀리아 선생님…… 혹시…… 첫……."

"아아아아아! 아아아아아아아! 안 들려! 아무것도 안 들려!"

케이트가 말을 끝맺기 전에 에밀리아는 크게 소리를 지르면서 귀를 막고 털썩 주저앉았다.

기분 탓인지 카추샤에 달린 토끼 귀도 축 처진 것처럼 보였다.

"샬롯. 케이트가 무슨 말을 하려던 거예요? 에밀리아 선생님은 왜 이렇게 침울해지신 거예요?"

"로라는 아직 모르는 게 나아요……. 지식에는 알기에 적합한 나이라는 게 있어요……."

"히이, 그런 건 치사해요. 알려 주세요—."

"안 돼요, 안 돼요!"

로라는 샬롯에게 매달려 알려 달라고 졸랐지만 샬롯은 절대로 알려 주지 않았다.

어지간히 중대한 비밀인 모양이다.

그런 중요한 비밀을 모두의 앞에서 들켜 버린 에밀리아는 정말로 불쌍했다. 그래서 로라는 에밀리아의 머리를 쓰다듬어 주기로 했다.

“에밀리아 선생님. 기운 내세요. 모두는 아는 모양이지만 저는 전혀 모르니까, 적어도 저한테는 비밀을 들키지 않았어요.”

“흑…… 로라…… 정말 착하구나…… 대부분 로라가 원흉이지만…… 그래도 그 착한 마음씨가 기뻐…….”

에밀리아는 흐느껴 울면서 로라의 배에 얼굴을 묻었다.

로라가 그 머리를 계속 쓰다듬어 주자, 하쿠가 에밀리아의 머리 위로 뛰어내려 앞발로 같이 쓰다듬기 시작했다.

이걸로 에밀리아가 조금은 안정을 되찾았으면 하고 로라가 생각한 그때였다.

“어이~. 놀러 왔느니라…… 이 이상한 공기는 무엇이냐?”

마법학과 1학년 교실에 들어온 것은, 금발의 작은 소녀.

에멜린 그레타 팔레온. 이 나라의 정점에 위치한, 여왕 폐하셨다.

※

“아아, 폐하시군요! 어서 오세요……가 아니라, 다녀오셨어요!”

로라는 자신이 메이드라는 사실을 떠올리고, 여왕 폐하를 맞이했다.

그러나 여왕 폐하의 시선은 여전히 웅크리고 앉아 있는 에밀리아에게 고정되어 있었다.

그녀를 손가락으로 가리키며 입을 뻐끔거리더니, 절규했다.

"에밀리아, 너, 그 꼴이이! 이곳은 학교이니라아아아!"

"느아아아, 폐하아아아아, 여기에는 깊은 사정이이이이이!"

비로소 여왕 폐하의 존재를 눈치챈 에밀리아는 고막이 찢어질 것 같은 새된 비명을 지르면서 로라의 등 뒤로 숨었다.

"사정이 뭐건 용납될 것 같으냐! 어떻게 교사라는 자가 그런 파렴치한…… 제정신이냐, 제정신인 것이냐!"

여왕 폐하는 지체가 높은 만큼 언제나 고압적인 느낌이다.

그러나 사람을 일방적으로 꾸짖고 욕하는 사람이 아니라는 인상이었다.

그런데 지금, 에밀리아를 격하게 매도하고 있었다. 어째서 그렇게까지 화가 난 걸까.

"이 학교는 왕립이니라! 학장은 대현자 칼로테일지 몰라도, 돈을 낸 건 나이니라! 그런 학교에서 네가…… 웃기지 말거라!"

여왕 폐하는 이를 드러내고 눈에 핏발을 세우고 진심으로 화를 냈다.

하지만, 그렇군. 왕립 길드레아 모험가 학교에서 불상사가 생기면, 여왕 폐하의 이름에 흠집이 나는 걸까. 그렇다면 화를 내는 것도 당연하다.

지금 에밀리아의 꼴은, 지독하다. 뭐, 로라 일행이 입힌 거지만.

"폐하, 폐하…… 에밀리아 선생님을 꾸짖지 말아 주세요. 이건, 그러니까…… 저희가 억지로 입게 한 거예요……."

"으음? 무슨 소리냐, 로라. 지하실에서의 양초 고문에 이어, 또 묘한 취향에 눈을 뜬 것이냐……? 그 나이에 너무 이상한 방향으로 나가면, 제대로 된 어른이 될 수 없느니라."

"아니에요! 그 지하실 사건도 정의를 위해서예요!"

로라가 변명하는데, 케이트와 반장이 엄청난 눈빛으로 바라봐 왔다.

"로, 로라…… 지하실 양초 고문이 뭐야~? 아직 아홉 살인데 나보다 앞서갔구나~."

"안 돼, 로라! 내가 반장으로서 널 다시 올바른 길로 인도할게!"

"그러니까 오해예요! 샬롯도 뭐라고 말 좀 해 주세요!"

로라는 공범인 샬롯을 바라보며 도움을 청했다.

그러나 샬롯은 마치 남 일이라는 얼굴로, 오히려 그 두 사람에 섞여 로라를 비난하기 시작했다.

"로라, 세상에, 아무리 상대가 악당이라고 해도 밧줄로 묶고 지하실에 매달아 뜨거운 촛농을 떨어뜨리다니…… 제가 사람을 잘못 봤어요……."

"샬롯도 현장에 있었잖아요?! 그보다, 그렇게 자세히 말하면 공범이라고 자백하는 거나 마찬가지잖아요!"

"앗, 다른 사람도 아닌 제가…… 로라의 유도 심문에 걸려들고 말았어요!"

유도한 적도 없고, 심문도 하지 않았다.

샬롯이 멋대로 떠들기 시작한 것뿐이다.

"양초 이야기는 됐다! 문제는 에밀리아가 이런 파렴치한 꼴을 뭇사람들 앞에 보인 이유니라! 에잇, 물러들 가라! 이 가게는 내 권한으로 일시 폐쇄다!"

아무리 여왕 폐하라도 그런 권한은 없다……고 말하고 싶지만, 손님이 먼저 주눅이 들어 교실 밖으로 도망쳤다.

어쨌든 여왕 폐하의 명령인 것이다. 거역하면 어떻게 될지 모른다.

이것이 조금 더 전이었다면, 누구도 그녀가 여왕 폐하라고 믿지 않았을 거다.

그러나 요즘은『여왕 폐하가 대현자의 마법에 걸려 꼬마로 변했다』는 사실이 널리 알려졌다.

따라서 손님뿐만 아니라, 메이드로 분장한 학생들도 긴장한 얼굴로 우리를 지켜봤다.

"그래서?!"

"그러니까…… 단도직입적으로 말씀드리면, 전사학과 1학년이 하는 라멘 가게에서 학장님이 야릇한 차림으로 손님을 끌고 있어서, 거기에 맞서 에밀리아 선생님한테 야릇한 차림을 부탁드린 거예요."

로라는 자기가 설명하면서도 얼마나 논리적인가 하고 감탄했다.

눈에는 눈, 이에는 이. 조금의 모순도 없다.

이거라면 여왕 폐하도 너그럽게 봐주시지 않을까, 라는 환상은 일 초도 되지 않아 깨졌다.

"뭐어?! 대현자도 이런 꼴인 것이냐?! 그 녀석은 학장이다! 학장부터 이런 꼴이란 말이냐?!"

"노출도로는 그쪽이 단연코 위입니다! 야릇합니다!"

미사키가 불에 기름을 붓는 발언을 했다.

순간, 여왕 폐하의 눈과 눈썹이 굉장한 각도로 올라갔다. 몸은 작으면서 엄청난 박력이었다.

"이 녀석들이 당치도 않은 짓을…… 에밀리아, 너도 가자! 둘이 같이 설교를 들어야 할 것이야!"

여왕 폐하는 에밀리아의 팔을 잡아당기며 복도로 나가려 했다.

"자, 잠시만요, 폐하……! 이 꼴로 다시 복도에 나가는 건…… 부끄러워서 죽을 거예요!"

"교실이든 복도는 어차피 밖이니라! 현실을 직시하거라!"

"아아, 애써 외면해 왔는데……."

에밀리아는 어두침침한 오라를 온몸에서 풍기며 여왕 폐하의 손에 끌려갔다.

그냥 내버려 둘 수도 없어서 로라 일행도 뒤쫓아 갔다.

"어디냐아아! 대현자아아!"

여왕 폐하는 노기등등하게 전사학과 1학년 교실로 뛰어들었다.

자기가 혼난 것도 아닌데 로라는 그만 움찔했다.

잠시 후, 으아아아아 하는 비명과 함께 라멘 가게 안에 있던 손님과 점원들이 안에서 뛰쳐나왔다.

"무시무시합니다……."

"오늘 밤 꿈에 나올 것 같아요……."

"역시 이 나라의 정점이야~. 몸은 작아졌어도 위엄이 흘러넘쳐~."

"우리가 저 분노의 대상이었으면 잠시도 못 버틸 거야. 여기서는 학장님과 에밀리아 선생님을 희생시키자."

"반장, 좋은 생각이에요! 그러니 우리는 이만 가요!"

로라가 그렇게 말하고 돌아서려는데, 전사학과 1학년 교실에서 여왕 폐하의 부르는 목소리가 들려왔다.

"어이, 로라 일행! 너희도 빨리 들어오너라! 설마 도망치려는 것이냐!"

여왕 폐하를 벗어나기 위해서는 이 나라를 벗어나는 수밖에 없다.

아무리 그래도 그것은 무리이기에 로라 일행은 마지못해 교실로 들어갔다.

그러자 대현자와 에밀리아뿐만 아니라, 미처 도망치지 못한 안나와 제삼자인 니나까지 무릎을 꿇고 있었다.

"왜 나까지……."

니나는 고개를 숙이고 슬프게 중얼거렸다.

불쌍하지만, 이럴 때 동료는 많을수록 든든하다.

로라 일행은 어깨를 움츠리고 살금살금 걸어가 교실 뒤쪽에서 무릎을 꿇으려 했다.

"너희들, 뒤로 도망치는 건 치사해. 앞으로 와."

그러나 가장 앞줄에 있던 안나에게 지목당했다.

"아니…… 우리는 배려해서 뒤쪽에……."

"안 돼. 너희는 마법학과 측의 주모자들이니까 이쪽이야."

안나가 손짓해 불렀다.

더욱이 여왕 폐하가 눈을 희번덕거리며 노려봤다. 이래서는 뒤에 앉을 수가 없다.

"으으…… 안나, 너무해요오."

"이럴 때 동료는 많을수록 든든해."

지독한 논리라고 생각하면서도 로라 자신도 같은 생각을 했기에 전혀 반박할 수 없었다.

대현자, 에밀리아, 니나, 안나, 로라, 샬롯, 케이트, 반장이 나란히 한 줄로 무릎을 꿇고 앉았다.

그런 그들을 내려다보면서, 여왕 폐하의 설교가 시작됐다.

"하아…… 대현자, 에밀리아! 본디라면 학생들의 규범이 되어야 할 너희가 나란히 그런 한심한 꼬락서니를 하고…… 언제부터 모험가 학교가 이런 유흥업소나 다름없는 가게의 분점을 내게 된 것이냐! 부끄럽지도 않은 것이야!"

"부끄러워……."

대현자가 힘없는 목소리로 대답했다.

평소의 여유는 어디에도 없다.

분명 여왕 폐하가 하는 말이 너무나도 당연한 것이라서 움츠러들 수밖에 없는 것이다.

아니, 그 이전에 스스로 부끄러워진 건지도 모른다.

"그럼 그런 꼴을 하지 말았어야지!"

"그건 안나가……."

"학생을 핑계 삼는 것이냐!"

여왕 폐하의 불호령이 대현자의 말을 막았다.

"맞아, 맞아."

안나는 시치미 뗀 얼굴로 여왕 폐하에게 동의를 표했다.

그러나 그것이 폐하의 분노의 창끝이 되고 말았다.

"안나, 뭘 상관없는 얼굴을 하고 있는 것이냐! 입힌 건 너일 텐데!"

"기세에 그만."

"좀 더 이성적으로 살 수는 없는 것이냐!"

"그래도 천하의 대현자한테 그런 옷을 입힐 수 있을 정도의 배짱은 소중히 하고 싶어."

"크…… 뭔가 수긍할 뻔했다…… 보기와 다르게 궤변에 능하구나!"

"고마워."

안나는 쑥스러운 듯이 머리를 긁적였다.

"칭찬하지 않았다!"

"폐하도 신분치고는 지적을 잘해."

"그런 칭찬 들어도 기쁘지 않다! 젠장, 너하고 대화하면 페이스가 흐트러진다! 다음은 에밀리아! 너는…… 정말 어떻게 된 것이냐?!"

여왕 폐하는 에밀리아의 모습을 다시 보고, 상당히 질린 얼굴로 소리쳤다.

어쨌든 대현자는 단순히 차이나 드레스의 노출이 심했던 것뿐이다.

그러나 에밀리아는 그것과는 또 다른 방향으로 변태적이다.

다 큰 성인이 학교 수영복을 입은 것만으로도 이상한데, 거기에 바니 걸같은 복장까지 했다. 여왕 폐하가 아니더라도 놀랄 것이다.

"그, 그야…… 담임으로서 우리 반 매상에 도움이 되어야 한다고 생각했어요……. 그래서 모두가 이걸 입으라고 해서…… 처음엔 저항했지만…… 로라가 억지로……."

"억지로라고 해도, 더 강하게 거부했다면 애들도 그렇게까지 강제로는……."

"아뇨! 전 진심으로 거부했어요. 그런데 로라가 압도적인 마력으로 절 굴복시키고 옷을 벗겨 알몸으로 만들었어요……."

그렇게 증언하면서, 에밀리아는 눈물까지 글썽였다.

로라는 오해라고 외치려 했지만, 오해의 여지가 조금도 없어서 스스로도 깜짝 놀랐다.

분명 로라는 싫어하는 에밀리아를 마력으로 굴복시키고 알몸으로 만들었다.

그것은 변하지 않는 사실이었다.

"그게, 그러니까…… 이것도 다 축제를 더 잘해 보고 싶은 마음에…… 그만 열정이 지나쳐서…… 에밀리아 선생님을 알몸으로 만들고 말았어요."

"그런 일로 알몸이 되는 걸 용납하겠느냐! 가엾지 않느냐!"

지당한 말씀이었다.

"……에밀리아 선생님. 죄송해요."

냉정을 되찾은 로라는 에밀리아에게 깊이 머리를 숙였다.

그러자 다른 마법학과 학생들도 같이 용서를 구했다.

"너희는 솔직해서 화를 낼 수 없어……. 괜찮아. 분명 알몸으로 만든 건 로라지만, 입기로 결정한 건 나니까……."

에밀리아는 바다처럼 넓은 마음으로 로라를 용서했다.

그 마음씨에 감동한 로라 일행은 「에밀리아 선생님!」 하고 외치며 학교 수영복 바니 걸 에밀리아에게 매달렸다.

“에밀리아…… 훌륭한 교사가 됐구나…….”

“에밀리아 선생님이 담임인 마법학과가 부러워.”

대현자와 안나는 진심으로 그렇게 중얼거렸다.

니나는 관심 없는 듯이 벽을 보고 있었다.

하쿠는 완전히 질려서 로라의 머리 위에서 낮잠 중이다.

“감동 중에 미안하다만, 대현자와 에밀리아는 속히 원래 옷으로 갈아입거라! 갈아입거라!”

여왕 폐하의 외침이 허무히 울려 퍼졌다.

이리하여 메이드 카페와 라멘 가게의 헛된 경쟁은 하루 만에 끝이 났고, 축제 이튿날은 여왕 폐하 덕분에 건전하고 평화로운 하루가 됐다.

제3장 안나의 생일이 다가와요

축제는 무사히 막을 내렸다.

사소한 말썽도 있었지만, 이 길드레아 모험가 학교에서 그것은 일상이다.

그러나 마법학과 1학년 담임인 에밀리아는 여느 때보다 정신적으로 대미지를 입은 모양이다.

게다가 다른 교사로부터 「이제 그 옷은 안 입습니까?」라며 놀림을 받는다는 이야기도 로라의 귀에 들려왔다.

다만, 에밀리아는 A랭크 모험가. 교사들 중에서도 그 실력은 최고 수준이다.

따라서 성희롱 발언을 한 교사는 에밀리아의 역린을 건드려 몹시 호된 꼴을 당한 모양이다.

그러던 11월 초순의 어느 날.

로라 일행은 언제나의 멤버끼리 학교 식당에서 점심을 먹고 있었다.

창밖으로 보이는 나무들은 이미 울긋불긋 물들어 있었다.

단풍이 지면, 겨울의 발자국 소리가 가까워진다.

"다음 달 25일은 제 생일! 제 나이도 드디어 두 자릿수예요. 다시 말해, 학장님을 제외한 모두와 대등해지는 거예요!"

"너무 억지 주장이야. 받아들이기 힘들어."

"그보다, 로라는 나이를 먹으면 안 돼요! 계속 그대로 있어 주세요!"

"억지 부리지 마세요! 저도 조금씩 크고 있어요! 그렇죠? 하쿠!"

"삐이?"

식탁 위에서 쉬고 있던 하쿠는 로라의 얼굴을 보면서 의아하다는 듯이 울었다.

"어라? 하쿠의 반응이 미지근하네요……."

"솔직히 로라는 입학했을 때와 비교해서 별로 크지 않았어요. 매일 밤마다 로라를 안고 자는 『로라를 껴안는 모임 회장』인 제가 하는 말이니 틀림없어요!"

"그 이상한 모임은 당장 해산해 주세요. 그리고 매일 밤 안고 자니까 사소한 변화를 눈치채지 못하는 거예요. 성장기니까 성장하고 있을 거예요!"

"아니에요. 성장기에 오믈렛만 먹어서 영양이 치우쳐 있으니, 성장은 필연적으로 느려져요. 로라, 지금처럼 계속 편식해 주세요!"

"으음…… 밤에는 다른 걸 먹을래요."

그렇게 중얼거리면서, 로라는 오믈렛을 입에 넣었다. 역시 오믈렛은 맛있다.

다른 음식을 먹는 건 내일로 미루고, 오늘 밤에도 오믈렛을 먹자.

"아, 그러고 보니, 샬롯과 안나 생일은 언제예요?"

"전 2월 2일이에요."

"와. 2가 두 개네요! 안나는요?"

"난 11월 16일."

"이번 달! 그보다, 이 주도 안 남았어요! 축하해야죠!"

"안나! 생일파티해요!"

"딱히 거창한 건 안 해도 되는데…… 고마워."

안나는 쑥스러운 듯이 뺨을 긁었다.

"지금부터 교회 사람들과 의논해서 성대한 파티 준비를 해야겠어요!"

"가자드 가문의 재력으로 거대한 케이크를 준비할게요!"

"거창한 건 됐다니까…… 그보다, 난 한동안 수업을 마치면 길드에 다닐 거라서 로라랑 특훈 못 해."

식후 커피를 쭉 들이켜면서, 안나는 그렇게 말했다.

"길드에 다녀요……? 서, 설마 또 빚을 갚는 거예요?!"

깜짝 놀란 로라는 포크를 오믈렛에 찔러 넣고 아무렇게나 휘젓고 말았다.

후회했을 때는 이미 늦었다.

한 번 망가진 오믈렛은 두 번 다시 아름다운 자태로 돌아오지 않는다…….

뭐, 배에 들어가면 똑같지만.

"아니. 내 생일 선물을 사려고 버는 거야."

안나는 진지한 얼굴로 말했다.

그 말에 로라와 샬롯은 얼굴을 마주 봤다.

"……안나. 생일 선물은 자기가 사는 게 아니에요."

"우우…… 안나, 그동안 고생했었죠…… 흑흑."

"아니. 고아원에 있을 때도 선물은 받았어. 직접 뜬 목도리같은 거. 근데 이번엔 갖고 싶은 게 있어서 나한테 선물하려고."

"아아, 그렇군요! 열심히 살아온 자신에게 주는 상 말이네요!"

"뭐, 그런 거지."

"그럼 우리도 같이할게요! 셋이서 힘을 합쳐서 안나의 생일 선물을 사는 거예요!"

"딱히 그렇게까지 안 해 줘도……."

"해 주고 싶어요!"

"그래요! 친한 친구 생일 때 선물하는 건 당연한 거예요! 그 대신, 저나 샬롯 생일 때도 잘 부탁해요!"

"……그런 거면, 알았어. 그럼, 마치고 같이 길드에 가자."

마침내 안나는 승낙했다. 딱히 표정 변화는 없었지만, 어렴풋이 뺨이 붉어져 있었다. 기뻐해 준 것 같아서 다행이다.

애초에 생일을 빼고 생각하더라도 다 같이 퀘스트를 하는 게 더 효율적이고, 무엇보다 재미있을 게 틀림없다.

로라는 벌써부터 가슴이 두근거렸다.

"그런데 안나. 뭘 사려고요?"

안나는 물욕이 적다.

바로 얼마 전까지는 동물 잠옷이 사복의 전부라는 무척이나 검소한 생활을 해 왔다.

그런 그녀가 오직 자신을 위해 갖고 싶은 게 뭔지, 로라는 궁금해졌다.

"단검 두 자루."

"앗! 혹시, 이도류에 도전하려고요?!"

"응. 그 소풍 이후로 계속 생각했어. 좋은 기회니까 과감히 사 볼래."

일찍이 마법학과와 전사학과 1학년이 합동으로 진행한 소풍은, 대현자가 준비한 수많은 시련을 극복해 나가는 가혹한 것이었다.

그 시련 속에서 안나는 이도류의 가능성을 발견했다.

그러나 안나가 가진 검은 길이가 키만 한 대검이었다.

그녀의 힘으로도 한 손으로 다루기에는 너무 거대하고, 한 자루를 더 추가하는 것은 비현실적이었다.

그러나 좀 더 작은 검이라면 한 손으로도 충분히 휘두를 수 있다.

"이왕 산다면 날카롭고 튼튼하고, 안나한테 어울리는 귀여운 검이 좋겠어요!"

샬롯이 사치스러운 소리를 했다.

"……그런 큰돈은 없어. 비싼 검은 졸업한 다음에. 지금은 길드 직영점에서 파는 저렴한 검이면 돼."

"맞아요. 샬롯은 금전 감각이 달라서 참고가 안 돼요."

"너, 너무해요! 어디까지나 이상(理想)을 말한 것뿐이에요!"

"그 이상이 지나치게 높아요!"

"무슨 말이에요. 노린다면 최고를! 이상은 높게 가져야 해요!"

샬롯은 금발 머리를 슥 쓸어 올리면서 지론을 펼쳤다.

"설령 그렇다 해도 무슨 일이든 한 걸음씩. 자기 자신을 잃으면 안 돼."

안나는 현실적인 조언으로 샬롯을 타일렀다.

"아, 알았어요. 그냥 분위기를 탄 김에 말해 본 것뿐이에요."

"샬롯은 분위기를 타서 한 말을 실제로 실천하니까 좀 걱정돼."

"요, 요즘은 잠잠해졌어요!"

샬롯은 짚이는 데가 있는지 얼굴이 빨개져서 변명했다.

"확실히 샬롯은 1학기 때보다 둥글둥글해졌어요. 그때는 선배한테 결투장을 보내고, 교내 토너먼트에서 팔이 찢어질 때까지 싸우고……."

로라는 놀려 줄 생각으로 옛날이야기를 했다.

그러나 샬롯은 오히려 가슴을 젖히고 득의양양한 표정을 지었다.

"인생에서 가장 의욕 넘치던 때였어요. 필요하다면 몇 번이고 할 거예요!"

샬롯은 그것을 무용담처럼 받아들였다.

"샬롯은 못 말리는 사람이에요."

"……로라도 비슷한 유형 같은데."

"그, 그런가요?"

"응. 하쿠도 그렇게 생각하지?"

"삐!"

"거 봐. 하쿠도 『맞아, 맞아』라잖아."

"후후후. 저와 로라는 운명의 라이벌이니 당연해요. 로라도 필요하다면 팔이 찢어질 때까지 싸울 거예요!"

"으으음…… 아니라고 하고 싶지만, 부정하지 못할 것 같아요……."

1학기의 마지막 교내 토너먼트 결승전에서 샬롯과의 승부는 진심으로 즐거웠다.

눈앞의 상대와 칼을 부딪치고 기술을 겨루는 것밖에 생각할 수 없는 시간이었다.

확실히 팔 한두 개쯤 잃어도 상관없는 기분이었던 것 같다.

"두 사람 다 금방 저만치 달려 나가 버린다니까. 적어도 이 학교에 있는 동안은 나도 손이 닿는 곳에 있어줘."

안나는 어쩐지 평소보다 무거운 목소리로 말했다.

그 말에 로라와 샬롯은 동시에 고개를 갸웃했다.

"무슨 말이에요, 안나. 졸업해도 우린 함께예요!"

"그래요! 졸업하면 셋이서 파티를 짜서 대모험을 떠나요!"

"……응. 노력할게."

안나는 무심히 대답했다.

하지만 어째서일까.

지금까지의 안나도 무척 애써왔지만 로라에게는 그 말이 결의처럼 들렸다.

※

그 후로 로라, 샬롯, 안나 셋은 방과 후, 모험가 길드를 쉬지 않고 드나들었다.

길드레아 모험가 학교에는 학생의 안전을 위해 재학 중에는 D랭크 이하의 몬스터와만 싸워야 한다는 교칙이 있다.

게다가 로라 일행이 이름을 떨친 탓에 약한 몬스터가 겁을 먹고 왕도 부근에서 자취를 감췄다.

로라 일행은 D랭크 이하의 몬스터를 찾아서 동으로 서로 뛰어다녔다.

이윽고 일주일이 지났을 때, 노리던 단검 두 자루를 살 수 있는 돈이 모였다.

사실 단검 두 자루 정도는 샬롯의 용돈으로 당장 살 수 있었다.

하지만 그 돈을 굳이 세 친구가 힘을 합쳐서 벌었다.

금액의 크기를 떠나, 더욱 소중한 가치가 있을 거다.

“로라, 샬롯…… 고마워. 이 정도면 꽤 좋은 단검 두 자루를 살 수 있을 거야.”

모험가 길드 앞에서 안나는 동전이 가득 든 자루를 양손에 들고 꾸벅 머리를 숙였다.

“천만에요. 안나는 동료니까, 그 새로운 무기를 사기 위해 돕는 건 모험가로서도 친구로서도 당연한 일이에요!”

“그나저나 안나의 생일까지 꽤 여유가 있어요. D랭크 이하만 사냥할 수 있는데 이렇게 잘 풀릴 줄은 몰랐어요. 우리 셋은 무적이에요!”

“삐이!”

“이크. 하쿠까지 세 사람과 한 마리예요!”

“삐이!”

하쿠는 로라의 머리 위에서 만족스레 울었다.

뭐, 하쿠는 기본적으로 로라의 머리 위에서 쉬거나 팔뚝에 매달려 있어서 별로 도움이 되지 않았다.

가끔씩 생각났다는 듯이 몬스터에게 불꽃을 뿜어 줬지만 화력이 너무 세서 비싸게 팔 수 있는 부위까지 태워버릴 때가 많았다.

그렇지만 여전히 함께 싸운 동료다.

"그럼 바로 단검을 사러 가요!"

"가요!"

"레츠 고!"

"삐이!"

로라 일행은 모험가 길드 직영 무기상을 향해 잽싸게 달려갔다.

직영점은 고급 무기를 취급하지 않는 대신, 대량 생산품을 싸게 살 수 있다.

대량 생산품이라고 해도, 못 쓸 정도로 품질이 낮은 것은 아니다.

길드의 담당자가 나름대로 물건을 골라, 싸게 사들여 주고 있다.

베테랑이 되면 좀 더 특별한 무기나 방어구를 원하게 되겠지만, 신입 모험가는 직영점에서 사는 것이 일반적이다.

"있다, 있다. 이게 원했던 거."

안나는 검 코너에 멈춰 서서, 벽에 장식된 쌍검을 가리켰다.

"우와. 제대로 두 자루 세트네요!"

"단검이라길래 대거 같은 걸 상상했었는데 생각보다 길어요!"

샬롯 말대로 그 칼날은 성인 남성의 팔꿈치부터 주먹까지의 길이보다 더 길었다.

단검이라고 부르기에는 아슬아슬한 길이다.

다만 안나가 지금 쓰고 있는 검이 터무니없이 거대해서 그것에 비하면 확실히 단검이었다.

"이 정도면 이도류라도 쌩쌩 휘두를 수 있겠어요!"

"응. 그리고 그냥 철이 아니라 강철로 만들어졌어. 두께가 얇아도 튼튼할 거야."

"당장 사요!"

안나는 끄덕이고는 쌍검을 들고 계산대로 향했다.

그러자 가게 아저씨가 「아아, 슬슬 사러 올 때라고 생각했어」라고 웃으면서 말했다.

"그런 걸 어떻게 아세요? 혹시 점쟁이세요?"

로라가 묻자, 아저씨는 아하하 하고 더 크게 웃었다.

"아니. 거기 빨간 머리 애가 가끔씩 와서 쌍검을 갖고 싶어 하는 얼굴로 구경했거든. 그로부터 요 일주일 정도, 모험가 학교 교복을 입은 여자아이 셋이 몬스터를 마구 사냥한다는 소문을 들었어. 그중에 빨간 머리 애도 있다고 해서 딱 감을 잡은 거지."

"아아. 그렇군요. 훌륭한 추리예요. 그럼, 주세요!"

"주세요!"

로라와 샬롯은 양쪽에서 안나가 든 쌍검을 가리켰다.

그리고 하쿠가 파닥파닥 날아가, 동전이 가득 든 가죽 자루를 계산대 위에 툭 내려놨다.

아저씨는 그 내용물을 확인하고 만족스레 끄덕였다.

"그래. 맞구나! 애썼다. 좀 깎아서 싸게 해 주마. 남은 걸로 맛있는 거라도 사 먹거라!"

"고마워, 아저씨."

안나는 꾸벅 머리를 숙였다.

로라와 샬롯도 덩달아 머리를 숙였다.

""고맙습니다!""

"삐이!"

하쿠도 계산대 위에서 절을 했다.

"하하하. 천만에. 대신 또 사러 와줘. 근데, 지금 등에 멘 대검은 어쩔 거냐? 중고로 팔겠냐?"

"이 검은 아직 갖고 있을 거야. 쌍검에 익숙해질 때까진 이게 주무기야."

"그렇군. 그럼 열심히 해라!"

로라 일행은 다시 아저씨에게 감사 인사를 한 뒤 가게를 나왔다.

그리고 남은 돈으로 란정에 라멘을 먹으러 가기로 했다.

※

모험가 라멘으로 체력을 보충한 로라 일행은 학교로 돌아와 전사학과 훈련장으로 향했다.

새로운 쌍검을 바로 시험해 보기 위해서였다.

마침 저녁때라 사람도 없어 마음껏 싸울 수 있었다.

"그럼 안나. 가볍게 붙어 봐요!"

로라는 하쿠를 샬롯에게 맡기고, 차원 창고에서 즐겨 쓰는 검을 꺼냈다.

그에 대해 안나도 평소의 대검을 벽에 세워 두고, 새로운 쌍검을 양손에 들었다.

"그럼 나부터 공격할 테니까 로라는 막아."

"알겠어요!"

그렇게 로라가 대답한 순간, 안나의 온몸에 마력이 퍼져 나갔다.

강화 마법으로 신체 능력을 끌어 올린 거다.

안나는 전사학과이고 마법에는 문외한이지만, 강화 마법에도 약간의 적성이 있었다.

그래서 1학기 때 로라가 마법의 기초를 살짝 가르쳐 줬다.

그렇게 학과의 담장을 넘어 기술을 배우는 학생은 많다. 익힌 기술의 폭이 넓어지면 그만큼 강해질 수 있는 거다.

“응? 안나, 자기 몸뿐만 아니라 쌍검에도 강화 마법을 걸었군요!”

“이전 검보다 얇으니까 이렇게 하지 않으면 견디지 못할 것 같아서. 계속 연습했었어.”

“굉장해요! 자신이 아닌 다른 걸 강화하는 건 어렵거든요!”

“그래? 어쩐지 지친다 했어.”

안나가 말한 대로 자신의 근력이나 시력 따위를 강화하는 것은 비교적 쉽다.

반면, 자신 이외의 것— 예를 들어, 검의 강도나 머리 위에 탄 신수의 불꽃 따위를 강화하는 데는 굉장한 집중력이 필요하다.

그 어려운 기술을, 안나는 전사학과인데도 독학으로 익힌 것이다.

로라가 모르는 곳에서 엄청난 노력을 한 것이리라.

다만, 어디까지나 얄팍한 수준이다.

신체 능력 강화에 비하면 검에 건 강화 마법은 미숙하다.

그래도 하지 않은 것보다는 훨씬 강도가 셀 것이다.

“그럼, 간다.”

중얼거림과 함께 안나는 땅을 박찼다.

방대한 다리 힘에 의해 최초의 한 걸음으로 서로의 거리가 좁혀지고, 육박했다.

그리고 양쪽에서 끼워 넣듯이 동시에 참격이 쇄도했다.

로라는 먼저 오른쪽에서 날아온 단검을 튕겨 내고, 그 반동을 이용해 왼쪽에서 날아온 단검을 막았다. 그리고 꼼짝 못 하게 한 다음 쳐서 떨어뜨리려 했다.

그러나 그렇게 간단히는 되지 않았다.

어쨌든 로라는 자신에게 거는 강화 마법의 세기를 안나의 마력에 맞추고 있다.

게다가 서로의 검 실력은 팽팽했다. 거의 매일같이 이곳에서 시합을 했다. 로라도 안나도 상대의 기술에는 익숙했다. 따라서 안나는 손목의 스냅을 이용해 로라의 검을 반대로 휘감아 제압하고, 또 하나의 검을 내리쳤다.

로라는 반사적으로 다리를 높이 들고, 신발 밑창을 강화했다.

칼날을 발바닥으로 튕겨 내고, 그 충격으로 안나에게서 멀어져 다시 검을 겨누었다.

서로의 시선이 교차했다.

그리고 동시에 전방을 향해 달렸다.

바닥에 깔린 돌이 깨지고 말려 올라갈 정도의 속도였다.

자신이 피워 올린 연기를 돌풍으로 가르며, 로라와 안나는 격돌했다.

맨 처음 기술을 건 쪽은 안나였다.

애초에 이 시합은 안나의 새로운 쌍검을 시험하기 위한 것이니 당연하다면 당연했다.

그러나 그런 이유를 빼더라도, 로라는 공격할 타이밍을 안나에게 빼앗기고 있었다.

두 개의 단검에서 뻗어 나오는 초고속 연속 공격.

그 공세에, 로라는 순식간에 완전히 방어전으로 돌아서는 수밖에 없었다.

이미 해는 완전히 기울었지만, 총 세 개의 칼날이 튀겨 내는 불꽃으로 훈련장은 환하게 밝았다.

격렬히 부딪치는 금속음은 이미 그 하나하나를 분간할 수 없을 만큼 연속해서 울려 퍼졌다.

검의 울림이 진동했다.

힘 조절에 실패하는 순간, 부러질 것 같다.

그런 격렬한 검극의 마무리라는 듯이, 안나는 쌍검을 교차시켜 혼신의 힘으로 내리쳤다.

로라는 그것을 자신의 검으로 단단히 막아 냈다.

쇠붙이와 쇠붙이가 충돌하는 소리가, 종말을 고하듯 밤의 어둠 속으로 스며들어 갔다—.

"괴, 굉장했어요……."

끝에서 보고 있던 샬롯이 넋이 나간 듯한 목소리로 말했다.

로라도 이 싸움에서 단순히 검을 시험하는 행위를 뛰어넘은 고

양감을 느꼈다.

안나의 탁월한 기량에 감탄하고, 그것을 막아 낸 자신에게 만족했다.

"어땠어요? 안나. 새로운 검은 쓰기 편한가요?"

"아주 좋아. 아직 서툰 부분도 있지만 그건 차차 익숙해지면 돼."

안나는 쌍검을 찬찬히 바라보며 곱씹듯이 말했다.

로라와 샬롯이 도운 보람이 있는 훌륭한 쇼핑이었던 모양이다.

"이제 로라가 공격해. 내가 방어할게."

"앗, 괜찮겠어요?!"

"단검은 회전축이 짧아서 방어에 집중하면 철벽이 될 것 같아. 시험해 보고 싶어."

"그렇군요! 그럼, 그 방어를 뚫어 볼게요!"

공수를 전환하고, 쌍검 테스트 제2라운드가 열렸다.

검을 다시 겨누고 마주 섰다.

로라는 신이 나서 안나를 향해 갔다.

강화 마법에 사용하는 마법은 최소한에 그쳤다.

그러나 그 이외의 검술에 관해서는 조절하지 않았다.

이미 안나의 기술은 로라를 웃돌고 있을지도 모르므로 조절 따위 필요 없었다.

엇베기와 좌베기의 연속 공격은 보기 좋게 튕겨 날아갔다. 이어서, 비스듬히 올려베기.

방어당한 후의 찌르기, 찌르기, 찌르기, 찌르기—.

그리고 시선과 다리를 사용한 순간 속임수로 안나를 현혹시킨 후의 혼신의 힘을 실은 가로일자베기.

충격파를 동반한 초음속의 풀 스윙이다.

그런 로라의 건곤일척의 공격에도 안나는 반응했다. 안나는 쌍검 둘 다를 사용해 막으려 했다.

그러나 로라는 선언한 대로 방어를 무너뜨렸다.

단, 안나의 기술을 넘어선 것이 아니다.

그것은 완전히 예상 밖의 결과였다.

무려 로라의 검을 막은 쌍검이, 두 개 다 부러지고 말았다.

상대에게 치명상을 입히지 않는 공격법을 썼기에, 검이 부러졌다고 해서 로라의 검이 안나의 몸에 깊숙이 박히는 일은 없었다.

단지 쌍검의 잔해가 훈련장 바닥에 허무하게 떨어졌을 뿐이다.

돌바닥과 칼날이 부딪쳐 서글픈 소리를 냈다.

그 광경을, 안나는 입을 딱 벌리고 바라보고 있었다.

"……부러졌어."

몇 초 후, 안나는 사실을 확인하듯 목소리를 짜냈다.

그렇다. 부러졌다.

다 같이 힘을 합쳐 산 쌍검이 너무나 간단히 두 자루 모두 뚝—.

"부러져 버렸어……."

안나는 다시 한 번 중얼거리고는 힘없이 어깨를 떨구었다.

좀처럼 감정을 드러내지 않는 그녀가 이토록 확연히 침울해하고 있다.

그 사실에 로라는 입을 벌리고 엉엉 울었다.

"흐아아아아앙. 미안해요오오오! 제가, 제가, 너무 힘을 주는 바람에에에에!"

가장 괴로운 것은 안나지만, 로라는 『자신의 일격에 부러졌다』는 죄책감을 견딜 수 없었다.

"……로라는 잘못 없어. 내가 강화 마법을 좀 더 잘 썼더라면 부러지지 않았어."

"하지만, 하지만 원래 쓰던 검은 부러지지 않잖아요……. 분명 제가 우쭐해서 평소보다 강화 마법에 마력을 더 넣는 바람에…… 흐아아아앙!"

"그렇지 않아…… 쌍검은 칼날이 얇았고, 내가 익숙하지 않아서 힘을 받아넘기지 못했어……. 그러니까 로라는 울 필요 없어……."

안나는 로라의 머리를 쓰다듬어 줬다.

그런 다정함이 고마워서, 마음 쓰게 만든 것이 괴로워서, 로라는 더 많이 울었다.

"아아, 로라…… 로라가 울면 저까지 슬퍼져요…… 흑흑."

"샬롯까지 울면 수습이 안 되니까 참아줘."

"그렇게 말해도…… 안나도 로라도 불쌍해요…… 훌쩍훌쩍."

"삐이."

하쿠는 샬롯의 품에서 앞발을 뻗어 샬롯의 뺨을 톡톡 두드렸다.

분명 위로하는 것이다.

"하쿠, 고마워요……. 로라도 하쿠에게 위로받고 기운 내요……."

"삐이."

샬롯은 로라의 머리 위에 하쿠를 얹어 줬다.

그러자 하쿠는 두 앞발로 로라의 머리카락을 톡톡 쓰다듬어 줬다.

"모두 고마워요……. 저 같은 걸 위해서…… 흐아아아아앙!"

자신의 일격에 검이 부러졌는데도, 누구도 비난하지 않고 오히려 위로해 주고 있다.

그 사실이 미안해서 로라는 눈물이 멈추지 않았다.

"뭐야? 엄청난 칼싸움 소리가 들리나 싶더니 밖에까지 우는 소리가 들리는데 무슨 일 있었어? 누가 다치기라도 했니?"

그때 에밀리아가 나타났다.

샬롯과 안나는 자초지종을 설명했다.

"그랬구나…… 새 강철검이 두 동강…… 흔한 일은 아니지만, 어쩔 수 없지. 로라, 그만 뚝 해. 검이 부러진 건 유감이지만, 쌍검을 사려고 다 같이 애쓴 추억은 사라지지 않잖아?"

"그래. 로라, 샬롯, 하쿠가 도와준 게 제일 기뻐. 쌍검보다 소중한 보물이야."

"훌쩍…… 안나…… 고마워요…… 새 쌍검은, 제가 생일날까지 마련할 테니까…… 용떠해 주세요오오오……."

"화 안 났다니까. 착하지. 뚝."

"로라도 안나도 정말 착해요……. 저도 새 쌍검을 손에 넣기 위해 최선을 다할게요…… 흑흑…… 꼭, 반드시 안나의 생일날까지…… 히이이잉!"

샬롯까지 감격해서 엉엉 울며 안나에게 매달렸다.

로라도 같이 매달렸다.

"너희들, 정말 사이가 좋구나. 그래도 이제 늦었으니까 빨리 기숙사로 돌아가. 그럼, 나도 가야겠다."

"잠깐만, 에밀리아 선생님. 돌아가기 전에 나 좀 도와줘. 양쪽에서 매달려서 움직일 수가 없어."

"내일 봐~~."

"말도 안 돼……."

"안나아아아, 쌍검은, 제가, 반드시, 꼬오오옥! 흐아아아앙!"

"검은 부러졌어도, 우리의 우정은 부러지지 않아요오오오오오!"

그 후로도 로라와 샬롯은 몇 분 동안 흐느끼다가 그제야 울다 지쳤는지 학교 식당으로 향했다.

그러자 이미 학교 식당의 영업시간은 끝나 있었다.
미사키가 있었다면 억지로 열게 할 텐데 이미 퇴근한 뒤였다.
저녁밥을 놓쳤다는 슬픔에 세 명과 한 마리는 눈물지었다.

제4장 부유 보물고에서 가능성을 발견해요

저녁밥을 먹지 못한 것은 유감이지만, 마구 울어서 지친 덕분에 푹 잠들 수 있었다.

원래 로라는 언제 어디서든 푹 잠들 수 있지만, 평소보다 더 푹 잠들었다.

그리고 학교 식당에서 아침을 먹으면서 다시 한 번 안나에게 사과한 뒤, 샬롯과 함께 자기 교실로 갔다.

자리에 앉은 로라는 책상 위에서 공중제비를 돌며 노는 하쿠를 바라보며 어디서 쌍검을 구할지 고민했다.

다시 길드 직영점에서 사도 똑같은 결과가 될 것은 뻔했다.

더 튼튼한 검을 사지 않으면 소용없다. 하지만 질 좋은 검은 비싸다.

평범한 학생이라면 이런 고민을 할 필요가 없지만…… 로라 일은 평범한 학생이라고는 하기 어렵다.

마법학과인 로라와 샬롯은 괜찮다. 강해지면 그것이 곧 전투력이 된다.

그러나 검을 주체로 싸우는 안나는 자신의 실력에 걸맞은 무기를 손에 넣지 못하는 문제에 직면해 있었다.

물론 지금까지 써 온 대검이라면 그동안 기른 기술로 힘을 받아 넘기고, 칼날이 부러지지 않게 할 수 있다. 앞으로도 같은 전법을 고수한다면 그걸로 충분하다.

그러나 안나는 새로운 것에 도전하려 하고 있다.

그런데 무기를 구하지 못하니 포기하라고 하는 것은 너무 가엾다.

로라가 연필을 입술에 끼우고 고민하고 있는데, 에밀리아가 들어와서 수업을 시작했다.

"오늘은 부유 보물고 이야기를 할게. 거기, 로라. 언제까지 연필로 장난칠 거야? 수업에 집중해."

"네—."

혼나고 말았다.

확실히 수업 중에는 수업에 집중해야 한다.

로라는 불량 학생은 되고 싶지 않았기에 얌전히 연필을 잡고 교과서와 공책을 책상 위에 펼쳤다.

하쿠는 아직 책상 위에서 뒹굴거리며 놀고 있었지만 걸리적거려서 머리 위로 올렸다.

"유명해서 아는 사람도 있겠지만, 부유 보물고는 고대 문명의 유적이야."

에밀리아의 설명에 로라는 고개를 갸우뚱했다.

분명 어디선가 들었던 이름인데, 라고 생각한 것도 잠시. 바로 떠올랐다.

축제 때 마법학과 3학년이 『세계 주요 고대 유적의 발굴 현황』이라는 믿기 힘들 만큼 진지한 주제로 발표를 했었는데, 거기에 부유 보물고도 소개되어 있었다.

분명, 하늘을 나는 섬의 그림이 패널에 그려져 있었다.

그리고 교과서에도 비슷한 그림이 실려 있다.

"우린 아직 고대 문명에 대해서 거의 아는 게 없어. 하지만 이 부유 보물고는 그중에서도 격이 달라. 평소에는 이 세상에서 모습을 감추고 있다가 수년에서 수십 년에 한 번, 부정기적으로 출현하거든. 그리고 며칠에 걸쳐서 하늘을 날다가 다시 모습을 감춰. 그래서 발굴도 조사도 거의 진행된 게 없어."

세상에서 모습을 감추다니 차원 창고 같네, 라고 로라는 생각했다.

"그래서 보물고라고 불리고는 있지만, 진짜 보물고인지 아닌지도 정확히 몰라. 하지만 다양한 보물이 발견됐어. 오리할콘이나 미스릴의 잉곳, 미술품이나 서적 같은 게 당시의 모습을 알기 위한 자료가 되는 거지."

보석이라는 말에 로라는 움찔 반응했다.

딱히 돈을 원하는 것이 아니다.

원하는 것은 따로 있다.

"부유 보물고에는 지금까지 여러 번 조사대가 파견됐어. 하지만 갑자기 나타나니까 제대로 준비도 못 한 상태로 조사에 들어가야 해. 게다가 며칠이면 사라져 버려서 돌아갈 타이밍을 놓치면 그대로 부유 보물고와 함께 다른 세계로 끌려 가버려. 백골이 된 이전 조사대의 시체가 발견되는 일도 종종 있나 봐."

백골 시체라는 말에 여학생들이 짧은 비명을 질렀다.

그러나 로라는 겁먹지 않고 손을 들고 질문하려 했다.

그러나 앞자리에 앉은 샬롯에게 선수를 빼앗겼다.

"에밀리아 선생님. 부유 보물고에는 고대의 마법검 같은 것도 있나요?"

"있는 것 같아. 이미 몇 자루는 발견된 모양이고. 뭐, 나도 자세한 건 모르니까 궁금한 사람은 도서실에서 조사해 봐."

에밀리아에게서 정보를 얻어 낸 샬롯은 뒤로 돌아, 로라를 향해 윙크하고 엄지를 세웠다.

로라도 척 하고 엄지를 세워 응답했다.

역시 고대 문명의 보물고라는 말을 들으면, 똑같은 생각을 하고 마는 것이다.

방과 후에는 도서실에 틀어박혀 정보 수집이다.

물론 부유 보물고는 언제 나타날지 모르니 아마도 의미 없는 작업이 될 것이다.

그러나 어떤 마법검이 발견됐는지 알아보는 것만으로도 즐겁지 않을까.

그리고 세상사, 무슨 일이 일어날지 모른다.

안나의 생일 전에 부유 보물고가 나타날 가능성도 없지 않다.

※

"사서님, 사서님. 부유 보물고 책은 어디 있어요?"

샬롯과 안나를 데리고 도서실에 온 로라는 먼저 접수대에 앉은 여학생에게 말을 걸었다.

그녀는 마법학과 3학년으로 칠흑 같은 머리카락을 길게 늘어뜨린 미인이었다.

무척 과묵하고, 언제나 가만히 앉아 책을 읽고 있었다.

한 번 독서에 집중하면 다른 것은 보이지 않게 되는 타입인지, 말을 걸어도 대답이 돌아오지 않을 때가 많다.

그러나 장래 희망이 사서라는 이야기를 들은 적이 있었다.

그것도 『마도서를 관리하는 사서』가 꿈이라나.

그래서 로라는 그녀를 「사서님」이라고 불렀다.

그러자 그녀는 독서를 멈추고, 기쁜 듯이 살짝 미소를 머금고 대답해 줬다.

그러나 물론 아직 사서가 아니라 도서위원장일 뿐이다.

"부유 보물고? 그거라면 고대 문명 칸에 있을 거야. 저기, 저쪽."

"그렇군요! 고맙습니다!"

"천만에. 그래도 기운이 넘치는 건 좋지만 도서실에서는 조용히 해 줘, 로라."

"네!"

사서인 도서위원장은 다시 책을 들었다. 아마도 이대로 몇 시간은 책장을 넘기는 손가락을 제외하고는 꼼짝도 하지 않고 오직 읽기만 할 것이다.

"……도서위원장이 괴짜라는 소문은 들었지만…… 설마 저런 미인일 줄은 몰랐어요. 흑발 머리는 드물어요!"

"말을 걸어도 대답해 주지 않는 걸로 유명한데. 로라는 그냥 말했어. 굉장해."

"헤에에. 저의 인덕이에요—."

"삐!"

로라 일행은 작게 대화하면서 고대 문명 칸으로 이동했다.

그렇지만 현재 도서실에는 로라 일행과 도서위원장뿐이므로 떠들어도 문제는 없어 보였다.

어차피 독서 모드인 도서위원장은 말을 걸든 누가 건드리든 신경도 쓰지 않았다.

"그럼, 이 칸에서 책을 찾아 봐요."

"이 책이 재미있을 것 같아. 『고대 문명은 멸망한 게 아니라 우주로 여행을 떠난 것이다!』라는 책. 낭만적이야."

"안나. 재미있는 책을 찾으러 온 게 아니에요."

"그래도 나중에 개인적으로 빌려 갈래."

"재미있는 걸로만 고른다면 이건 어때요? 『현대 몬스터는 너무 약하다?! ~부활한 고대 드래곤인 내가 치트 마력으로 무쌍한다~』…… 소설인가 봐요!"

"취지가 달라졌어요!"

"알아요, 샬롯. 부유 보물고 책을 찾아요. 하지만 그건 그거고…… 이 책은 나중에 빌릴래요."

마침 읽고 있던 시리즈를 최종판까지 독파하는 바람에 자기 전에 읽을 책이 없어서 곤란했었다.

로라는 재미있기를 바라면서 책을 칸에서 뽑아 테이블 위에 올려 뒀다.

그건 그렇고, 이제 진짜 부유 보물고 책을 찾아야 한다.

"아, 이 책."

안나가 뒤꿈치를 들고 가장 위 칸에 꽂힌 책을 뽑으려 했다.

그러나 그녀는 아직 열네 살을 일주일 앞둔 나이로 로라만큼은 아니지만 키가 작았다.

그래서 뒤에서 샬롯이 안나의 허리를 잡고 들어 올려 주자, 간신히 손이 닿았다.

"고마워, 샬롯."

"천만에요. 그나저나 이 도서실, 책장이 너무 높지 않나요?"

"좁은 공간에 책을 가득 채워 넣었으니까요."

그렇게 투덜거리면서, 함께 책 표지를 봤다.

참고로 제목은 『전투 메이드는 봤다! 주인님의 수행원으로 부유 보물고로 향한 나는 초 고대의 비밀을 알게 된다?! 보물을 둘러싼 모험가들의 혈육 다툼!』이었다.

"제목이 참 기네요……."

"그래도 『전투 메이드는 봤다』 시리즈는 반응이 좋은 모양이에요. 이 작가는 약 50년 전에 활약했던 사람으로, 실제로 메이드와 모험가를 겸업했었어요. 그래서 마찬가지로 모험가인 주인님과 함께 다양한 곳을 모험하고, 그 체험을 책으로 써서 낸 논픽션이에요. 저희 집에도 몇 권인가 있었어요."

"와아. 전투 메이드는 실재 인물이군요! 그럼 기대할 수 있겠어요."

"바로 읽어 보자."

안나가 의자에 앉아 표지를 넘겼기에 로라와 샬롯도 그 양옆에 앉았다.

하쿠도 테이블 위에 폴짝 뛰어내려 흥미진진하게 들여다봤다.

"……뭔가, 자기 주인님이 얼마나 멋있고 강하고 위대한가 하는 이야기부터 시작되는데."

"시리즈의 레퍼토리예요. 그 부분은 넘겨도 문제없어요."

옆에서 손을 뻗은 샬롯이 마음대로 페이지를 넘겼다.

주인님의 소개 뒤에는 갑자기 출현한 부유 보물고에 올라타기 위해 도시락을 준비하는 이야기.

다른 모험가들도 부유 보물고를 노렸지만, 자신과 주인님이 가장 먼저 탑승한 이야기 따위가 이어졌다.

"으음…… 재미가 없는 건 아니지만 이건 일기예요. 우리가 찾는 책과는 다르지 않나요?"

"잠깐. 다음 장은『도대체 부유 보물고란 무엇인가』에 대한 이야기야."

그 장에는 오늘 수업 시간에 배운 내용이 나와 있었다.

하지만 안나가 속한 전사학과에서는 아직 배우지 않은 것 같아서 로라와 샬롯이 설명하면서 읽어 나갔다.

"흠흠. 확실히, 찾으면 좋을 것 같은 검이 잠들어 있을 것 같아."

"네. 실제로 이 책에『지금까지 부유 보물고에서 발견된 보물 목록』이 있는데, 마법검도 실려 있어요!"

부유 보물고에 대한 조사는 겉 부분밖에 이루어지지 않았다는 것이 통설이다.

그럼에도 보물 목록은 백 개가 넘었다.

뭐, 보물이라고 해도 로라 일행이 읽을 수조차 없을 고대 서적이나 수상한 항아리, 용도를 알 수 없는 마력을 띤 도구, 「진짜 보물 맞아?」라고 묻고 싶어지는 물건도 섞여 있었다.

그러나 그중에는 드래곤에게 밟혀도 찌그러지지 않는 갑옷이나, 마법을 반사하는 방패, 손에 들고 기도하는 것만으로 변신할 수 있는 지팡이 등 아주 굉장할 것 같은 보석도 있었다.

고대 문명의 유적이라면 이래야지 하는 느낌이다.

그리고 검도 몇 개인가 있었다.

소유자의 의식을 빼앗아 닥치는 대로 사람을 베는 검이라거나.

베는 맛은 신통치 않지만 손에 들고 뭐라고 말하면 모두가 웃어 주는 검이라거나.

고대 문명인은 무슨 생각으로 만들었을까 하고 고개를 갸웃하고 싶어지는 마법검이 목록에 올라 있었다.

물론 평소의 두 배 속도로 움직일 수 있는 검 같은, 그냥 강해 보이는 검도 있었다.

"역시 고대 문명의 유적에는 낭만이 있어요. 꼭 탐험해 보고 싶어요!"

"동감이에요. 하지만 언제 어디서 나타날지 모른다는 건 어려운 부분이에요."

"맞아요……. 이 전투 메이드도 우연히 자기 집 근처에 나타나서 탐험할 수 있었다고 적고 있고요……."

부유 보물고의 출현 패턴은 아직까지 밝혀지지 않았다.

내일 나타날지도 모르고, 십수 년 뒤에 나타날지도 모른다.

에밀리아는 수업에서 마지막으로 나타난 것이 20년 전이니 슬슬 나타날지도 모른다고 했었다.

하지만 근거 없는 이야기다. 자칫하면 로라 일행이 죽을 때까지 나타나지 않을 가능성도 있다.

"뭐, 부유 보물고는 일단 알아본 것뿐이에요. 하지만 고대 문명의 유적을 탐험하는 건 나쁘지 않다고 생각해요."

"확실히, 이미 발견된 유적이라도 구석구석까지 조사가 이루어졌다고 단정할 수는 없어요. 나중에 뜻밖의 보물이 발견되는 경우도 종종 있어요."

로라와 샬롯이 부유 보물고에서 좀 더 적당한 유적으로 대화의 주제를 옮기는데, 안나만 여전히 책을 읽고 있었다.

"안나, 뭐해요? 책에 빠진 거예요?"

"그게 아니라…… 이 부분이 걸려서."

"어디요? 무슨 솔깃한 내용이라도 나와 있어요?"

로라는 안나가 가리킨 페이지를 읽기 시작했다.

그러자 확실히 솔깃한 내용이 적혀 있었다.

—저와 주인님은 부유 보물고의 긴 복도를 나아가고 있었습니다.

그리고, 어느 석판을 밟았을 때였습니다.

짤랑 하는 소리가 들리는가 싶더니 맞은편에서 커다란 바위가 데굴데굴 굴러오는 것이 아니겠어요!

저와 주인님은 공격 마법으로 그 바위를 부수려 했지만 역시 고대 문명의 유적. 바위에 뭔가 세공을 했는지 부서지기는커녕 흠집조차 나지 않았어요!

할 수 없이 뛰어서 도망치는데, 바위는 점점 속도를 올려 저와 주인님을 깔아뭉개려 했어요.

아아, 이미 절체절명의 순간.

신이시여, 저는 어떻게 되어도 좋으니 주인님만은 살려 주세요…… 하고 기도를 올렸을 때, 정말로 구세주가 나타났어요!

그것은 은백색 머리칼을 길게 늘어뜨린 여성이었어요.

정말로 신의 사자인가 싶을 만큼 아름다운 그녀는 터무니없는 마력으로 바위를 산산조각 냈어요.

별안간 벌어진 일에 저와 주인님은 어안이 벙벙했지만, 은발의 여성은 더욱 놀랄 만한 말을 했어요.

"저기, 당신들. 뭐 먹을 것 좀 가진 거 없어? 배가 고파서 힘이 없어."

여성은 그렇게 중얼거리고, 배에서 꼬르르 하는 소리를 냈어요.

들어 보니, 우연히 부유 보물고가 나타난 지점을 지나다가 모처럼이니 들어온 것까지는 좋았는데, 아무런 준비도 하지 않았으니 먹을 것도 없고, 그래서 뱃가죽과 등가죽이 붙을 것 같다나요.

그래서 저는 갖고 온 샌드위치를 여성에게 드렸어요.

그러자 여성은 맛있게 늘름 먹고는, 「맛있었어, 고마워~~」 하고 손을 흔들면서 어디론가 가버렸어요.

그 후, 저와 주인님은 부유 보물고 탐험을 계속했지만 은발 여성과 다시 만나는 일은 없었어요.

그리고 먹을 것이 다 떨어진 사흘째 되던 날, 오리할콘 잉곳 몇 덩이만을 수확으로 지상으로 돌아왔어요.

은발 여성이 샌드위치를 마구 먹어 치우지 않았다면 하루 더 머물 수 있었지만…… 너무 오래 머물면 부유 보물고와 함께 이 세계에서 사라져 버리니 저와 주인님은 미련을 품지 않았어요.

뭐, 그 후로도 사흘 정도 부유 보물고는 공중에 더 머물렀지만요.

지상으로 돌아온 저와 주인님은 그 여성의 정체에 대해서 이야기했어요.

그 방대한 마력, 초연한 성격, 은백색 머리칼에 아름다운 용모.

어쩌면 우리는, 전설의 대현자를 만나 버린 걸지도 몰라요—.

“하, 학장님이잖아요오오오오!”

로라는 그만 큰 소리를 내고 말았다. 그러나 도서위원장은 말없이 계속 책을 읽고 있다.

이미 도서위원으로서의 일을 내팽개쳤다는 생각밖에 들지 않았다.

그렇지만 그냥 평범한 도서위원이었다면 로라는 지금 이 고성으로 쫓겨났을 것이다.

도서위원장의 직무 유기에 감사하면서, 새로운 단서를 얻기 위해 로라 일동은 학장실로 쌩 하고 달려갔다.

도중에 에밀리아에게 발각되어 「복도에서 뛰는 거 아냐!」 하고 야단맞았기에 걸어서 가기로 했다.

※

로라는 학장실 문을 두드렸다.

그러자 놀랍게도, 안에서 「네. 들어와요~~」 하는 대현자의 목소리가 들려왔다.

함정일지도 모른다고 생각하면서 「실례합니다」 하고 문손잡이를 돌렸다.

그러자 정말로 대현자가 의자에 앉아서 딸기 파르페를 먹고 있었다!

“하, 학장님이 낮잠도 안 자고 깨어 있어?!”

“사건이에요!”

“어디 안 좋은 데라도 있어……?”

“삐이!”

모두가 펄쩍 뛸 정도로 놀랐다.

눈을 벅벅 비비며 잘못 본 게 아닌가 확인했을 정도다.

“너무하네. 나도 낮잠 안 자는 날이 있어.”

“어쩜…… 그건 몰랐어요.”

“역시 대현자…… 한 방 먹었어요…….”

“잠깐. 본체는 다른 데서 자고 있고, 이건 마법으로 만든 환각일지도 몰라.”

“진짜야. 딸기 파르페를 환각이 먹게 하는 건 아까워. 애초에 내가 왜 너희를 속여야 하니?”

“그게, 학장님이라면 재미있어하면서 하시지 않을까 하고…….”

“저기, 난 어엿한 어른이야! 그런 애 같은 짓은 안 해.”

대현자는 살짝 화를 내며 딸기 파르페를 계속 먹었다. 별로 어른처럼은 보이지 않았다.

그렇지만 일부러 딸기 파르페를 먹는 환각을 만들 이유도 없어 보이니 정말로 대현자가 깨어서 앉아 있는 것이리라.

“그래서, 다들 무슨 일로 왔어?”

"한마디로! 부유 보물고에 대해서 여쭤보러 왔어요!"

"부유 보물고? 오랜만에 들어 보네. 나도 몇 번인가 간 적이 있어. 마지막으로 갔던 게 50년쯤 전이었나?"

"우와, 역시 간 적이 있으시군요! 이 책에 학장님으로 보이는 사람이 나와 있었어요!"

로라는 도서실에서 들고 온 『전투 메이드는 봤다! 주인님의 수행원으로 부유 보물고로 향한 나는 초 고대의 비밀을 알게 된다?! 보물을 둘러싼 모험가들의 혈육 다툼!』을 쑥 내밀었다.

"어머, 유명한 시리즈잖아. 그러고 보니, 메이드복을 입은 모험가한테 샌드위치를 얻어먹은 적이 있었던 것 같아."

"바로 그 이야기예요!"

"어머, 그 애가 전투 메이드의 작가가 됐구나. 보여줘, 보여줘."

"여기요—."

로라는 대현자에게 책을 내밀었다.

그 순간, 도서위원장에게 『대출 카드』를 제출하지 않고 들고 와 버린 사실이 떠올랐다.

뭐, 내일이라도 몰래 반납하면 들키지 않을 거다.

"어머, 후후, 그래…… 그 샌드위치를 먹고 배가 불러서 볕 잘 드는 곳에 가서 낮잠을 잤었어. 그랬었어."

"역시, 학장님은 틈만 나면 주무시는군요!"

낮잠이라는 말에 로라는 무척 안심했다.

"그래서, 학장님. 그렇게 여러 번 갔었으니까 지금 훌쩍 갈 수 있는 방법 같은 거 몰라?"

안나가 물었다.

"지금? 그건 무리야. 언제 어디서 나타나는지 모르니까. 아아, 그래도 차원 창고의 마법은 부유 보물고를 보고 떠올린 거야—."

"역시 그랬군요! 어쩐지 닮았다고 생각했어요."

"하지만 우리의 차원 창고에 부유 보물고는 없으니…… 분명 또 다른 세계에 있는 거겠지. 고대 문명은 아직 미지로 가득 차 있어."

"우와~~ 학장님이 그렇게 말씀하시니, 정말 그런 거겠죠."

로라는 감탄하며 중얼거렸다.

삼백 년 가까운 세월을 살면서 최강의 마법사로 군림해 온 대현자도 모르는 것투성이이다.

그렇다면 평범한 인간이 고대 문명의 수수께끼에 다가서는 것은 불가능하지 않을까.

그러나—.

"내가 아무리 오래 산다 해도 어차피 한낱 인간일 뿐이야. 하지만 백 년을 사는 사람이 열 명 있으면 천 년분, 백 명 있으면 만 년분이야. 나 같은 것보다 훨씬 굉장해."

대현자는 딸기 파르페를 먹으면서 이상한 말을 했다.

그것은 로라에게 새로운 사고법이었다.

“백 년 사는 사람이 열 명이라서 천 년…… 음, 하지만 그 열 명이 정보 교환을 하고 있다는 보장은 없잖아요? 백 명이 되면 더 힘들어요. 따로따로 행동하면 만 년분은 안 될 거예요. 애초에 죽으면 기억도 사라져요. 학장님처럼 계속 살아 있다면 이야기가 다르겠지만요…….”

“어머. 죽으면 분명 기억은 사라질지 몰라도, 기록은 남길 수 있어. 예를 들면, 이런 거라거나.”

그렇게 말하며 대현자는 책을 들어 보였다.

방금 로라가 건넨 전투 메이드 책이다. 그것을 본 로라는 어떤 생각이 번쩍 떠올렸다.

“이 책의 작가가 아직 살아 있는지 없는지는 몰라도, 책을 펼치면 전투 메이드가 무엇을 보고 무엇을 느꼈는지 알 수 있어. 열 명, 백 명 정도가 아니라, 몇 천, 몇 만 명의 사람들과 지식을 공유할 수 있어. 책이 아니더라도, 구전으로도 지식은 남아. 그리고 자기가 죽고 한참 지난 뒤에 누군가가 책으로 정리해서 세상에 내보내 주는 일도 있을 거야.”

“후후…… 그럼, 저나 로라, 안나도 언젠가는 책이 된다는 거네요!”

샬롯은 눈을 반짝이며 말했다.

“그래. 너희라면 책이 될 정도의 모험가가 될 거야.”

로라는 그 말을 듣고 상상했다.

자신들이 명물 학생으로 나름대로 유명한 것은 알고 있었다.

하지만 자신들이 죽은 뒤에도 그 기록이 남아 누군가에게 계속 읽히는 일은 상상도 한 적 없었다.

이 학교의 도서실에만도 만 권이 넘는 책이 있다고 도서위원장에게 들은 적이 있다.

소설이나 그림책, 도감, 에세이, 어려운 학술서, 요리 레시피책 등 다양했다.

그 책의 저자는 살아 있는 사람도 있는가 하면 이미 죽은 사람도 있을 것이다.

그러나 어쨌든 작가가 전하고 싶었던 내용이 쓰여 있다.

만난 적도 없는 사람, 살았던 시대조차 다른 사람의 생각을 알 수 있다니 얼마나 굉장한 일일까.

"알았어요! 한 명 한 명이 할 수 있는 일은 작아도, 자신이 한 일을 책으로 남겨 두면 다른 누군가가 이어받아 줄지도 모른다는 거네요!"

"그거야. 실제로 부유 보물고도 뿔뿔이 흩어진 조사단이 나중에 서로 정보를 교환하고 조금씩 지도를 만들고 있어. 부유 보물고가 이 세계에 나타날 때마다 지도가 갱신되어 가는 거야."

"어쩐지 굉장해요. 멋있어요! 학장님은 분명 그 지도에 엄청난 공헌을 하신 거예요!"

"……아. 그러고 보니 전에 돌았던 곳의 정보를 모험가 길드에 제출하는 걸 깜빡했어."

"학장님!"

로라는 그만 소리쳤다.

그만큼 지식을 공유하는 것의 소중함을 말해 놓고, 자신은 그 일을 게을리하다니.

"지금이라도 늦지 않았어요! 자, 지도를 갱신하러 가요!"

"으음…… 50년도 더 된 일이라서 기억이 가물가물해…… 현지에 가면 떠오를 것 같은데……."

"자기가 한 일을 누군가에게 잇게 할 마음이 없으시군요……."

"뭐 하러 부유 보물고에 갔는지 묻고 싶을 정도야."

샬롯과 안나는 대현자에게 싸늘한 시선을 보냈다.

"뭐 하러는. 산책이야, 산책. 어슬렁거리다가 부유 보물고가 나타나서 슬쩍 들어갔다가, 배가 고파서 전투 메이드한테 샌드위치를 얻어먹고 한숨 자고 돌아왔어."

"너무해…… 완전히 니트족이에요……."

"아니야. 제대로 된 모험이잖아. 모험가로서 일했어."

"하지만 그 모험의 기록을 남기지 않았다면 일한 게 아니에요."

"……딸기 파르페 맛있어."

샬롯의 냉정한 지적에 대현자는 대답하지 않고 유리 그릇 바닥에 남은 딸기 파르페를 스푼으로 긁어모으는 작업으로 도망쳤다.

"자자, 샬롯. 한때는 니트족이었던 사람도 지금은 훌륭한 학장님이니 용서해 줘요. 그것보다, 학장님이 지금까지 부유 보물고에서 어떤 것을 발견했는지 듣고 싶어요!"

"그때도 학장이었지만…… 그래, 예를 들면 날개옷. 그걸 입으면 하늘을 날 수 있어."

"우와…… 하지만 저희는 그런 게 없어도 마법으로 날 수 있어요."

"그래서 장롱 안에 넣어 뒀어."

전형적인 재능 낭비다.

쓰지 않을 거면 팔면 될 텐데라고 로라는 생각했지만 분명 「귀찮아」라는 대답이 돌아올 것이다.

"검은 못 보셨어요? 안나한테 어울릴 듯한 단검이라거나!"

"검은 없었어. 나도 그렇게 깊은 곳까지는 못 갔으니까."

"그렇군요…… 그럼, 그것 말고 재미있는 건 없었나요?"

"천장에 별이 빛나는 하늘을 비춰 주는 보석도 있었고."

"낭만적이에요!"

"그리고 옷이 훤히 비쳐 보이는 안경 같은 것도 주워 왔어."

"야, 야해요! 설마 학장님, 그걸 쓰셨어요?!"

"우후후."

“학장님이 안경을 쓰고 있으면 빨리 도망쳐야겠어요!”

“니트족인 데다 변태예요!”

“허락도 없이 알몸을 보는 건 좋지 않아…….”

로라 일행은 벌벌 떨면서 벽으로 도망쳤다.

그 모습을 본 대현자는 뺨에 손을 붙이고 즐거운 듯이 미소 지었다.

“걱정 마. 걱정 마. 아무렴 학생한테는 안 쓰니까.”

그렇다면 교사한테는 쓴 걸까.

“하아…… 아무리 그래도, 고대 문명은 의외로 쓸데없는 물건을 만들었네요.”

로라에게 고대 문명은 굉장히 위대하다는 인상이었다. 그런 곳의 보석이라고 하면 속세를 벗어난 것이라고 생각했었다.

그런데 설마 변태 안경 같은 걸 남겼다니…….

“뭐, 고대 문명인들도 야한 것에 관심이 있었던 거야.”

“미사키 같은 사람은 옛날부터 있었다는 걸까요…….”

생각해 보면, 수인은 고대 문명이 인공적으로 만든 종족이다.

고대 문명인이 야하다면, 수인이 야한 것은 당연한 이치일지도 모른다.

“그나저나 학장님도 부유 보물고에 가는 법을 모른다면 역시 저절로 나오기를 기다리는 수밖에 없어. 포기하는 게 나아.”

안나는 담담히 중얼거렸다.

처음부터 별로 기대하지 않았던 걸지도 모른다.

하지만 로라는 기대를 가득 안고 왔기에 잔뜩 실망했다.

"으음…… 그럼 어디서 단검을 찾죠……."

"단검? 그건 무슨 얘기야? 애초에 왜 그렇게 부유 보물고에 가고 싶은 거야?"

"실은 말이죠……."

로라 일행은 안나의 생일이 얼마 남지 않은 것. 안나를 위해 세 명과 한 마리가 몬스터를 잡아 단검 두 자루를 샀지만 바로 부러져 버린 것. 그래서 부러지지 않는 단검을 찾고 있다는 것을 설명했다.

"흠. 안나의 생일이구나. 아쉽게도 난 단검은 없는데…… 왕궁의 보물고에 남는 게 없을까? 폐하한테 조르러 가 보자!"

"그렇군요! 왕궁에…… 괜찮을까요?! 채소 같은 걸 얻는 것과는 사정이 달라요!"

로라는 집에 살던 무렵, 이웃의 밭 채소를 종종 나누어 받았었다.

그 대신, 로라 집도 몬스터의 고기나 기름을 이웃과 나누었다. 이웃사촌이라는 거다.

그리고 길드레아 모험가 학교와 왕궁은 같은 왕도에 있으니 이웃이라고 못 할 것도 없지만…… 상당히 무리한 얘기다.

"부유 보물고에서 찾는 것보다 왕궁 보물고에서 찾는 게 현실적이야. 쇠뿔도 단김에 빼라고, 바로 가자!"

일이 상당히 묘한 방향으로 흘러가기 시작했다.

역시 대현자가 엮이면 대현자의 페이스가 되고 만다.

상담할 상대를 잘못 고른 걸까, 라고 생각하면서도 『왕족의 보물이라면 기대해도 좋을지 몰라』 하고 탐욕스러운 생각을 하고 마는 로라였다.

※

"안 되는 게 당연하지 않느냐! 무슨 생각들인 게야!"

집무실에서 진지하게 서류를 보고 있던 여왕 폐하에게 몰려가, 「왕실의 보물 중에 단검이 있다면 두 자루만 주세요」라고 부탁했더니, 단박에 거절당했다.

로라 일행 세 명은 예상했다는 반응이었지만, 대현자는 포기하지 않고 「구두쇠」 하고 물고 늘어졌다.

"곧 있으면 안나 생일이야. 보물 한두 개쯤 줘도 되잖아."

대현자는 그렇게 말하면서 책상을 손바닥으로 탕 내리쳤다.

소파에 앉아서 그 모습을 바라보는 로라는 좌불안석이었다. 샬롯과 안나도 같은 심정이리라.

어쨌든 이곳은 왕궁이고, 상대는 이 나라에서 가장 높은 사람이다.

그런 상황 속에서 『갈취』를 하고 있는 것이다.

보통 사람은 못 할 짓이다.

"그래서! 국민의 생일 때마다 왕실 보물을 나눠 주면 이 나라는 파산할 것이야!"

참으로 지당한 말이지만, 그럼에도 대현자는 물러서지 않았다.

"안나는 이렇게 귀엽잖아. 그러니까 줘도 되잖아."

"대현자야. 자기가 말해 놓고도 억지라고 생각하지 않느냐?"

"생각하는데…… 그래도 어떻게 안 될까."

"억지라고 생각하면서도 밀어붙이다니…… 기가 막히는구나."

여왕 폐하는 어이없는 표정으로 대현자를 바라봤다.

"그러니까, 응?"

"응? 하고 귀엽게 말해도 안 되는 건 안 되는 것이니라. 뭐, 병사가 쓰는 검이라면 남는 걸 가져가도 좋다."

"그런 평범한 검은 이 애들이 쓰면 부러진다고."

"……너희들, 어릴 때부터 그렇게 강해지면 어쩌자는 것이냐. 뭐, 우수한 모험가가 자라는 것은 이 나라에 좋은 일이다만."

여왕 폐하는 로라 일행을 바라보면서 질린 목소리로 말했다.

"열심히 하다 보니 어느새 검이 부러지게 됐어."

안나는 쑥스러운 듯이 머리를 긁적이면서 대답했다.

"아하하…… 젊은 혈기에 저지른 실수예요."

로라는 적당히 웃으며 얼버무렸다.

"전 왠지 혼자가 된 기분이에요. 쓸쓸해요."

검사가 아닌 샬롯은 분한 듯이 말하면서, 로라의 머리 위에서 하쿠를 빼앗아 꼭 껴안았다.

"삐이."

하쿠는 그런 샬롯을 위로하듯이 앞발로 팔뚝을 톡톡 만졌다.

신수에게 위로받으면 은총이 있을 것 같다.

"흐음…… 사정을 알았다. 알았다만, 역시 왕실의 보물은 안 되겠구나. 선조 대대로 내려오는 물건이니까. 단검은 지금 당장 필요한 것도 아니지 않느냐? 그렇다면 생일은 다른 것으로 참고, 언젠가 손에 넣으면 될 것이야. 그리하면, 내가 맛있는 과자를 주겠다. 좀처럼 맛볼 수 없는 고급 과자이니라."

"어머, 폐하. 과자 정도는 생일날이라고 하지 말고 지금 당장 먹게 해 줘."

"알겠다. 그보다, 대현자야. 단검을 얻으러 왔다는 건 핑계고, 사실은 과자를 먹으러 온 게지?"

"그렇지~ 않아~."

대현자는 발연기를 했다.

“항상 적당한 구실을 만들어 와서는 과자와 홍차를 조르고 말이다. 너희는 이런 어른이 되어서는 안 돼.”

여왕 폐하는 깊은 한숨과 함께 로라 일행에게 교훈을 줬다.

그러나 교훈보다도, 고급 과자인가 뭔가가 궁금해지는 나이였다.

입 안에서 침이 폭발하고 있었다.

그런 로라 일행의 얼굴을 본 폐하는 씁쓸히 웃으며 책상 위에 있는 종을 울렸다.

그러자 집무실에 메이드가 들어왔다.

로라 일행도 축제 때 메이드가 됐었지만 진짜는 오라가 달랐다.

그야말로 업무 중이라는 얼굴이었다.

폐하는 메이드에게 「과일 타르트하고 홍차를 5인분…… 아아, 아니, 6인분 갖다다오」라고 명령했다. 하쿠의 몫도 포함한 것이다. 배려심 깊은 여왕 폐하다.

잠시 후, 메이드는 커다란 과일 타르트를 들고 와서 여섯 등분으로 나누어 줬다.

로라는 과일 타르트라는 것을 처음 봤다. 과일 타르트는 과일을 듬뿍 올린 케이크로 딸기, 오렌지, 블루베리 같은 시장에서 흔히 볼 수 있는 과일로 꾸며져 식욕을 자극했다. 먹기 전부터 맛있다는 것을 알 수 있을 정도의 비주얼이었다.

“메이드 씨, 메이드 씨. 이 황록색 과일은 이름이 뭐예요?”

"그것은 남쪽 나라에서 들여온 키위라는 과일이에요."

"우와. 이름을 듣는 것도 처음이에요. 샬롯은 알고 있었어요?"

"무, 물론이에요!"

샬롯은 머리를 쓸어 올리면서 힘주어 말했다. 그러나 눈을 마주치지 않는 것으로 보아 거짓말일 것이다.

"어때? 왕궁에 오면 언제든지 맛있는 음식을 먹을 수 있어."

"대현자. 왜 네가 우쭐하는 것이냐. 왕궁은 카페가 아니니라."

여왕 폐하는 계속 화가 나 있었지만 어딘지 모르게 즐거워 보였다.

이러니저러니 해도 대현자가 놀러 오는 것을 환영하는 느낌이었다.

메이드 씨도 흐뭇하게 그 모습을 바라본 뒤 목례를 하고 집무실을 나갔다.

※

"잘 먹었습니다. 정말 맛있었어요!"

"이렇게 맛있는 케이크는 처음이야. 역시 여왕 폐하야. 멋진 생일 선물을 줘서 고마워. 아직 생일은 아니지만."

"이 키위라는 과일은 처음 먹어 봤지만 신맛이 맛있었어요. 이런 것을 남쪽 나라에서 들여오다니, 폐하의 높은 식견에는 고개가 숙여질 따름이에요!"

로라 일행은 저마다 과일 타르트에 대한 감상을 늘어놓았다.

그건 그렇고, 역시 샬롯은 키위를 몰랐던 모양이다.

아무도 캐묻지 않았는데 스스로 폭로하다니, 의표를 찌르는 스타일이다.

"삐이!"

하쿠도 기분 좋게 울었다.

"음. 너희가 좋아하니 나도 좋구나. 또 언제든지 놀러 오거라."

"그럼 매일 올 거야~."

"대현자야. 너는 사양하는 법을 배우는 것이 어떻겠느냐."

그렇게 즐거운 시간을 보내고, 로라 일행은 집무실을 나왔다.

어쨌든 여왕 폐하가 일을 하는 도중에 밀어닥친 것이다.

너무 방해하면 국가 운영에 지장을 준다.

조금 전의 메이드에게 배웅을 받으며, 로라 일행은 왕궁을 나와 문을 향해 넓은 정원을 걸었다.

"그나저나 학장님. 부유 보물고가 마지막으로 나타난 건 20년 전인 거죠?"

"맞아. 좀 먼 곳이어서 나는 안 갔었지만."

"그럼, 다음에 언제 나타나도 이상하지 않은 거네요."

"뭐, 지금 당장 나타나도 이상하지 않고, 10년 더 기다려야 한대도 이상하지 않아."

"흐음…… 이렇게, 하늘을 향해 빌면 나오지 않을까요?"

"설마. 그건 무리야."

"하지만, 차원 창고도 학장님이 부유 보물고를 보고 떠올리신 거잖아요? 그럼, 차원 창고를 쓸 수 있는 우리 둘이 빌면 낚여서 나타날지도 몰라요!"

"으음…… 상당히 무리가 있는 주장이지만 해 보는 거야 공짜니까. 해 볼까?"

"역시 학장님! 적극적이세요!"

그렇게 로라와 대현자는 정원의 연못 앞에서 손을 맞잡고 하늘을 올려다보며 빌었다.

""부유 보물고야, 와라, 와라……""

"두 사람, 갑자기 뭘 시작한 거예요……?"

"와라 와라라니. 연못의 잉어가 아니라고……."

샬롯과 안나는 질린 표정을 지었다.

하쿠도 로라의 머리 위에서 「삐이?」 하고 영문을 모르겠다는 듯이 울었다.

"저랑 학장님이 마음만 먹으면 부유 보물고 정도는 불러낼 수 있지 않을까 해서요."

"이왕이면 너희도 해~."

대현자의 한마디에 네 명이 손을 맞잡고 원을 만들었다.

그리고 다 같이 하늘을 향해 「와라, 와라」라고 외쳤다.

하지만 그냥 말로만 하는 것은 재미가 없어서 로라는 진지하게 공간에 간섭해 보기로 했다.

먼저, 부유 보물고가 이 세계에서 완전히 모습을 감췄다는 사실을 다시금 떠올렸다.

차원 창고와 판박이다.

실제로 대현자도 부유 보물고를 모델로 삼아 차원 창고의 마법을 만들었다고 했다.

그렇다면, 차원 창고를 응용하면 부유 보물고에 간섭할 수 있을지 모른다.

그렇지만 로라와 대현자가 쓰는 차원 창고의 공간에 부유 보물고 같은 물체는 없었다.

그렇다면 다른 공간, 다른 차원에 있는 것이리라.

공간이나 차원이 무엇인지 말로는 설명할 수 없지만, 그러나 「감각」으로는 알고 있었다.

다른 차원. 보다 깊은 장소에 있는 공간.

본 적도, 들은 적도 없는 개념을 머릿속에 그리고, **그곳과 이곳**을 잇는 이미지를 만들었다.

그러자, 맞잡은 손을 통해 대현자도 똑같은 것을 하고 있는 것이 전해졌다.

서로 눈을 맞추고, 이미지를 부풀렸다. 두 사람의 마력을 섞었다.

이 왕궁 부지 상공에, 시공의 구멍을 내는 거다.

로라와 대현자의 마력이 높아지고, 하늘로 뿜어져 나갔다.

그 순간, 칠판을 손톱으로 긁은 듯한 날카로운 소리가 울려 퍼졌다.

더욱이 푸른 하늘에 번개 같은 빛이 용솟음치고, 공기와 땅이 잘게 흔들렸다.

"뭐, 뭐예요?!"

"지진과 번개가 한꺼번에 왔어……!"

샬롯과 안나가 동요하기 시작했지만, 진동도 빛도 금세 잠잠해졌다.

그러나 하늘 위에서는 좀 더 강렬한 이변이 일어나 있었다.

아니, 어떤 의미로는 이변이 아닐지도 모른다.

어쨌든 **저것**은 언제 나타날지 모르지만 이 세계에 출현하는 성질을 갖고 있는 것이다.

그 장소가 이번에는 우연히 왕궁의 상공이었을 뿐이다.

그 시간이 이번에는 우연히 이 순간이었을 뿐.

그러나 그럼에도 불구하고, 로라 일행이 바란 순간에 나타났다는 사실에서 의미를 찾고 싶어지고 만다.

자신들의 바람이 마법이 되어 발동해, 고대 문명의 유적을 불러들인 게 아닐까 하고.

"어머…… 설마 즉흥적으로 벌인 일이 정말로 성공하다니, 무슨 일이든 해 보고 볼 일이야……."

대현자조차 어안이 벙벙한 얼굴로 하늘을 바라보고 있었다.

그 시선 끝에는, 하늘을 나는 섬이 있었다.

교과서에 실려 있던, 부유 보물고의 그림과 판박이였다.

※

"어이. 저게 어떻게 된 것이냐아아!"

로라 일행이 정원에서 부유 보물고를 바라보고 있는데, 여왕 폐하가 드레스를 휘날리며 안색을 바꾸고 후다닥 뛰어왔다.

"아아, 폐하. 그렇게 물어도 우리도 잘 몰라. 부유 보물고가 나타나면 좋겠다고 생각했더니 진짜로 나타났어. 살다 보니 이런 신기한 일도 있네."

대현자는 잡담이라도 하듯이 말했다.

상당히 뭉뚱그린 말이지만 실제로 그 말이 맞으니 어쩔 수 없다.

로라를 포함해, 이 네 사람 중에 정말로 부유 보물고가 나타날 거라고 믿은 사람은 없을 것이다.

나타나면 좋겠다고 생각했더니 정말로 나타났다, 라는 것은 진실이다.

"부유 보물고라고……? 아아, 안다. 고대 문명의 유적 아니냐. 평소에는 모습을 감추고 있고, 나타난다 해도 날고 있어서 거의 조사가 이루어지지 않았지? 분명, 마지막으로 나타난 건 내가 어릴 때인데."

"어머. 폐하는 아직도 어리잖아."

"네가 마법으로 이렇게 만들지 않았느냐! 원래는 어른이니라!"

여왕 폐하는 위협하듯이 양팔을 높이 쳐들고, 대현자를 향해 송곳니를 드러냈다.

화난 모습도 귀엽다.

"네, 네. 어른이야, 어른. 어쨌든 폐하, 모처럼 왕궁 상공에 귀중한 유적이 나타났어. 조사할 기회를 놓칠 순 없지."

"음. 타국보다 먼저 조사할 수 있겠구나. 해 주겠느냐, 대현자."

"물론이야. 그럼 식량하고 침낭 같은 걸 준비해 줘. 부탁해, 폐하."

"알겠다. 잠시만 기다리거라!"

그렇게 말하고 폐하는 왕궁으로 달려갔다.

상당히 발걸음이 가벼운 여왕님이구나, 하고 그 뒷모습을 바라보면서 로라는 생각했다.

"그럼. 우린 일단 학교로 돌아가자. 내일하고 모레를 임시 휴교로 지정할게."

"임시 휴교요? 뭐, 그럼 저희도 탐색하기 쉬워서 좋지만요."

"그래, 그거야. 좀처럼 보기 힘든 고대 문명의 유적이 눈앞에 있어. 수업 같은 걸 할 때가 아니야. 학생을 위해서라기보다 교사를 위해서. 길드레아 모험가 학교의 교사는 모두 우수한 모험가들이었으니까. 이 상황에 가만히 있으라고 하는 건 잔인한 짓이야. 그러니까 학교는 휴교야. 단, 내일하고 모레만. 그 이상 쉬면 진도가 밀리고, 무엇보다 부유 보물고가 이 세계에서 사라질 가능성도 있으니까."

"그렇게 빨리 사라지나요?"

"길 때는 일주일 이상도 있지만, 지금까지 가장 짧았던 건 사흘이야. 최단 시간에 맞출게. 뭐, 죽음을 두려워하지 않는 모험가들이 며칠씩 부유 보물고에 남아서 치킨레이스를 하는 건 자유지만, 모험가 학교 교사는 안 돼. 용납 못해요."

"그렇군요. 맞는 말씀이세요. 저도 선생님들이 이 세계에서 사라져 버리는 건 싫으니까요!"

"그래. 일단 오늘은 푹 자고 에너지를 채워서 내일 새벽에 부유 보물고에 타자. 찾는 건 물론, 안나의 단검이야.”

대현자가 반가운 말을 했다.

아직 인류의 발길이 거의 미치지 않은 미지의 유적. 그리고 인류 사상 최강의 마법사.

이런 역사적인 조합이지만, 목적은 어디까지나 한 소녀의 생일 선물이다.

“그러니까, 오늘은 학교에서 임시 휴교 수속을 마치면 다 같이 푹 자자~~!”

“““네~~!”””

“삐이!”

다 같이 주먹을 치켜들고, 숙면을 맹세했다.

게다가 임시 휴교 수속은 대현자 외에는 상관이 없어서 로라 일행 학생 조는 정말 푹 잘 뿐이었다. 그래서 맹세에도 열의가 담겼다.

※

그리고 대현자는 교내에 아직 남아 있던 교사들을 모아, 임시 휴교를 하는 것과 그 이유를 설명했다.

그리고 학교 건물과 기숙사 곳곳에 휴교 공지 벽보를 붙였다.

이것은 인해전술이 필요한 일이라서 로라 일행도 거들었다.

벽보를 다 붙인 뒤에는 대현자도 같이 기숙사 대중탕에 첨벙 들어갔다.

그리고 동물 잠옷으로 갈아입고, 「와아~」 하고 복도를 우당탕 뛰었다.

그러자 언젠가와 마찬가지로 사감 선생님에게 혼이 났다.

"학장님! 나이도 드실 만큼 드신 분이 학생하고 같이 복도를 뛰다니…… 몇 살이신 거예요!"

아주머니 사감 선생님은 눈꼬리를 치켜 올리고 무서운 표정으로 설교를 했다.

"……곧 298살이에요……."

"그 나이에 우당탕이라니…… 부끄럽지 않으세요?"

"미안해요……."

대현자는 작게 움츠러들었다.

상어 잠옷을 입었는데도 전혀 박력이 없었다.

로라 일행도 대현자 옆에서 움츠러들었다.

십수 분의 설교 끝에 드디어 풀려나, 로라와 샬롯의 방에 도착했다.

"좋았어. 자자!"

설교를 들은 직후인데도 대현자는 이미 쌩쌩해져 있었다.

"우후후. 제가 로라 옆인 건 확정이에요."

그렇게 말하면서 샬롯은 로라를 끌어안은 채로 침대에 쓰러졌다.

"나도 로라 옆에 누울래."

안나도 침대에 드러누워 샬롯의 반대편에서 로라를 껴안았다.

"흐음. 그럼 난 어디로 갈까."

대현자는 턱에 손을 붙이고 진지한 얼굴로 고민하기 시작했다.

"로라 양옆은 다 찼으니까, 나나 샬롯 옆이야."

"제 옆을 추천할게요!"

"으음…… 셋 다 귀여우니까 세 명 위에 누울래!"

그렇게 말한 대현자는 휙 점프해 이불처럼 로라 일행 위에 대자로 뻗었다.

"꺄앗, 무거워…… 응? 무겁지 않죠……?"

"신기해요……."

"학장님. 밥은 꼬박꼬박 먹는 거야? 학장님은 예쁘니까 다이어트 안 해도 돼."

대현자의 체온은 느껴지는데 무게가 거의 없었다. 안나가 과도한 다이어트를 걱정할 만큼 그야말로 불면 날아갈 것 같았다.

그러나 부드러움은 확실히 느껴지니 거식증도 아닐 것이다.

"비행 마법을 적당히 걸어서 체중을 가볍게 했어. 이러면 너희도 무겁지 않지."

"저, 절묘한 제어예요……!"

"학장님은 재주꾼이에요!"

그냥 부유 마법을 걸면 몸은 공중에 뜨고 만다.

그렇다고 너무 약하게 걸면 로라 일행을 짓누르고 만다.

몸을 띄우지 않고 깃털 같은 무게를 유지하는 것은 상상하는 것만으로 힘들 것 같다.

로라와 샬롯은 대현자의 굉장함을 새삼 깨달았다.

"학장님의 키에 이렇게 가벼우면 살짝 밀기만 해도 날아갈 것 같아. 에잇."

안나는 양팔로 대현자를 꾹 밀었다.

그러자 대현자의 몸은 붕 날아올라 천장에 또잉 부딪혔다가 튕겨 돌아왔다.

"와아."

풍선처럼 취급당한 대현자는 미소를 지은 채 비명을 지르며 침대 위로 돌아왔다.

"와아, 굉장해. 학장님, 가벼워요! 저도…… 에잇!"

"나도 밀래요!"

"어~라~."

대현자는 둥둥 날아가 벽에 박혔다가 반대쪽 벽을 향해 둥둥 날아갔다.

"아하하, 재미있어!"

"세 사람! 날 갖고 장난치면 안 돼~."

그렇게 말했지만 대현자도 즐기는 모습이었다.

이대로 밤새 놀아도 질리지 않을지 모른다.

그렇게 로라가 생각했을 때, 이불 위에 몸을 말고 있던 하쿠가 졸린 목소리로 울었다.

"삐이……."

무척 항의하고 싶어 하는 눈빛이었다.

"아, 미안해요, 하쿠……. 우리가 시끄럽게 해서 잠을 방해했죠……."

"학장님이 너무 재미있어서 깜빡 정신을 놓았었어. 면목 없어."

"내일 아침 일찍 부유 보물고에 가야 하니 슬슬 자는 게 좋겠어요."

"그래. 수면은 중요해."

대현자는 공중을 거침없이 헤엄쳐 침대로 돌아왔다.

그리고 다시 로라 일행 위를 덮었다.

"그럼, 잘들 자렴~."

"""안녕히 주무세요!"""

"삐이!"

제5장 자, 전인미답에 도전해요

다음 날. 제일 먼저 눈을 뜬 것은 안나였다.

그녀는 로라 일행을 「아침이야, 아침」 하고 흔들어 깨웠다.

그리고 재빨리 동물 잠옷을 벗고 사복으로 갈아입었다.

한편 로라와 샬롯은 아직 무거운 눈꺼풀을 비비고 있었다.

대현자에 이르러서는 흠냐흠냐거리며 여전히 꿈나라를 여행 중이었다.

"빨리, 빨리."

안나치고는 드물게 서두르는 모습이었다.

어제는 겉으로 드러내지 않았지만, 역시 부유 보물고에 원하는 쌍검이 있을지도 모른다고 기대하는 것이리라.

"후아아…… 좋은 아침, 안나. 그렇게 서두르지 않아도 돼. 부유 보물고는 적어도 내일까진 여기에 있을 거야. 비행 마법을 쓸 수 있는 마법사만 갈 수 있으니 경쟁도 그렇게 치열하지 않고."

"그래도 만에 하나라는 게 있어."

지나치게 여유로운 대현자와 안절부절못하는 안나였다.

지금은 자신이 중간에서 지휘를 맡을 때라며 로라는 자리에서 일어났다.

“안나는 진정하세요. 그리고 학장님은 이제 그만 일어나세요. 씻고 준비해요!”

“네, 네. 그리고 식당에 가서 아침을 먹자.”

“……그건 너무 여유롭지 않나요? 아침은 하늘을 날면서 말린 고기 같은 걸 먹으면 돼요!”

모험가의 휴대 음식이라고 하면 말린 고기다.

말린 고기 말고도 건빵이나 쿠키, 초콜릿 등 여러 종류가 있다.

그러나 로라의 마음속에는 깊은 숲 속에서 바위에 걸터앉아 말린 고기를 뜯는 강인한 모험가의 이미지가 강하게 박혀 있었다.

실제로 로라는 아직 말린 고기를 먹어 본 적이 없다.

고대 문명의 유적으로 향하는 도중에 동료와 먹는 것은 그럴듯한 상황이다. 말린 고기를 첫 체험하기에는 딱이다.

“그래도 로라. 부유 보물고에 가면 오믈렛은 못 먹어. 지금 안 먹어둬도 되겠어?”

“……지금 당장 식당에 가요!”

말린 고기에 대한 로라의 동경은 오믈렛에 의해 간단히 사라졌다.

“로라는 알기 쉬워서 귀여워요…….”

“뭐든 좋으니까 빨리 움직여.”

“삐이!”

모두가 이를 닦고 세수를 마친 다음 사복으로 갈아입은 후에 식당으로 이동했다.

임시 휴교라서 학생은 거의 없었다. 분명 이때다 하고 늘어지게 늦잠을 자고 있을 것이다.

그렇지만 로라 일행처럼 일찍 일어난 사람도 소수지만 있었다.

단순히 일찍 일어나는 것이 습관이 된 걸까 아니면 부유 보물고에 가려는 걸까.

"미사키, 좋은 아침이에요!"

"삐이!"

"아아, 로라에몬 씨, 하쿠 님. 샬롯 씨와 안나 씨. 오늘은 대현자님도 같이 있으시군요. 역시 부유 보물고에 가는 것입니까?"

"네! 대모험을 떠나요!"

"저는 모험을 떠날 수 없어서 부럽습니다."

"미사키도 분명 노력하면 강해질 수 있어요!"

"유감스럽게도 미사키한테는 노력하기 위한 근성이 없습니다. 노력하지 않고 강해지고 싶습니다."

"그건 욕심이에요! 꾸준한 노력 끝에 강해질 수 있어요!"

로라는 진지하게 거짓 없는 마음으로 말했다.

그러나 어째선지 샬롯과 안나가 뚱한 얼굴로 노려봤다.

"로라가 그런 말을 하면 빈정거리는 것처럼 들려요."

"로라는 검 수련은 착실히 하는지 몰라도 마법은 아니야."

"그, 그렇지 않아요…… 마법도 연습하고 있어요!"

이것은 변명도 뭣도 아닌 진실이다.

대현자를 조금이라도 따라잡기 위해 매일 수업을 들으며 지식을 습득하고 있고, 마력 제어 연습은 절대로 거르지 않는다.

"아무튼, 로라에몬 씨는 오믈렛이고, 다른 분들은 뭐로 하시겠습니까?"

"어머, 미사키. 제가 항상 오믈렛을 먹는다고 생략하면 안 돼요."

"그래도 오믈렛이잖아요?"

미사키는 귀찮은 얼굴로 물었다.

하지만 로라는 「후후후」 하고 당돌하게 웃으며 자랑스레 주문했다.

"오믈렛, 2인분, 주세요! 물론, 하쿠 건 따로예요!"

"오오, 확실히 평소와 다른 주문입니다! 반성합니다!"

"부유 보물고에 가면 오믈렛은 못 먹으니까요. 지금 먹어서 저장해 두는 거예요. 그 정도도 예상하지 못하다니…… 미사키도 아직 멀었군요."

"어엿한 식당 아주머니가 되는 길은 멀고도 험한 것입니다."

그렇게 로라는 오믈렛 2인분을 위에 채워 넣었다.

아무리 오믈렛을 좋아해도 위의 크기는 평범한 아홉 살이라서 꽤 힘들었다.

하지만 한동안 오믈렛을 먹지 못하는 것을 생각하면 지금 먹어 두는 것이 정답이다.

오믈렛은 먹을 수 있을 때 먹어 두는 것. 이것이 살아남는 비결이다.

“로라. 뭔가 괴로워 보이는데, 갈 수 있겠어?”

“가, 갈 수 이써효…… 자, 출발해요…….”

로라는 묵직한 배를 문지르면서 모두와 함께 학교 마당으로 나가, 대현자가 꺼내 놓은 카펫 위에 앉았다.

카펫은 왕궁을 향해 날아가, 어제도 지났던 연못 앞에 내려섰다.

“오오, 왔구나들! 애타게 기다렸느니라!”

카펫이 내려오는 것을 왕궁에서 보고 있었는지, 여왕 폐하가 쌔애애애앵 하고 달려왔다.

이어서 메이드도 나타났다.

메이드는 등에 커다란 배낭을 메고 있었다.

더욱이 물통 네 개를 손에 들고 있다.

“배낭에는 이틀 치 식량과 칼, 밧줄, 조명, 성냥 등 생존 도구가 들어 있어요. 뭐, 여러분께는 필요 없을지도 모르지만요…….”

“맞아. 마법으로 대체할 수 있어서 식량만으로 충분하지만…… 분위기가 나니까 갖고 갈게.”

"감사합니다. 그리고 물도 마법으로 만들 수 있다고 생각해서 물통 안에는 주스를 넣었어요."

메이드는 그렇게 말하면서 일단 로라의 목에 물통을 걸어 줬다.

"우와. 감사합니다! 무슨 주스예요?"

"후후. 다 다른 종류예요. 그러니 어떤 맛일지 기대해 주세요."

"우와. 기대돼요!"

모험이라기보다 소풍을 떠나는 기분이 들기 시작했다.

조금 전에 배 터지게 오믈렛을 먹었지만 로라는 벌써 침이 고이기 시작했다.

"나중에 서로 바꿔 먹어요!"

"누가 무슨 주스일지 궁금해."

샬롯과 안나도 물통의 포로가 되었다.

주스 정도는 학교 식당에 가면 얼마든지 먹을 수 있지만, 무엇이 들었는지 모른다는 것이 흥미를 부추겼다.

어쩌면 평소에는 먹을 수 없는 열매로 만든 주스일지도 모른다.

"자, 다들. 슬슬 출발하자. 조급할 필요는 없지만, 그렇다고 시간이 무한정 있는 것도 아니니까."

배낭을 짊어진 대현자는 카펫 위에 털썩 앉았다. 로라 일행도 폴짝 올라탔다. 그 순간, 카펫이 둥실 떠올랐다.

"자, 그럼. 폐하, 다녀올게!"

"음. 가능하면 부유 보물고를 조사하고 지도를 추가하고 보물을 찾도록 해라! 이 나라의 모험가가 얼마나 우수한지 세상에 알리는 것이다! ……뭐, 그래도 무사히 돌아오는 것이 첫 번째니라!"

"알아. 나 한 명이면 몰라도 아이들도 같이 가니까 무리한 짓은 안 해."

"폐하, 메이드 씨, 다녀오겠습니다~."

"가자드 가문의 이름을 걸고 반드시 보물을 찾아올게요!"

"배낭이랑 물통 고마워."

"삐이!"

로라 일행은 조금씩 고도를 높이는 카펫에서 몸을 내밀고, 여왕 폐하와 메이드에게 손을 흔들었다.

"몸 조심 하거라!"

"다녀오세요."

여왕 폐하와 메이드도 손을 흔들어 줬다.

작별 인사를 마치자, 카펫은 바람의 결계 안에서 단숨에 부유 보물고를 향해 속도를 높였다.

폐하도 메이드도 순식간에 작아지고, 왕도 자체가 멀어져 갔다.

"다들, 보세요. 우리 말고도 부유 보물고를 노리는 사람이 드문드문 있어요."

"정말이에요. 뭐, 다음 기회가 언제가 될지 모르니 당연해요."

"이렇게 보니 하늘을 날 수 있는 사람이 많아."

안나는 부러운 듯이 중얼거렸다.

그러나 『많다』고는 해도, 지금 날고 있는 것은 서른 명 정도다.

왕도와 그 주변 지역에서도 모험가가 모여들었을 테니 날 수 있는 사람이 좀 더 많아도 이상하지 않았다.

로라 일행보다 빨리 부유 보물고에 갔거나 이제부터 출발하거나 둘 중 하나일 것이다.

뭐, 어느 쪽이든 이 정도 사람들이 한꺼번에 하늘을 나는 것은 확실히 드문 일이다.

모두가 노리는 보유 보물고는 밑에서 보면 거대한 바위였다.

그러나 교과서에 실린 그림에 의하면 저 위에는 초원과 숲, 건물이 있었다. 그야말로 하늘을 나는 섬이었다.

왕도보다는 작겠지만, 왕궁과 모험가 학교 부지를 합친 것보다는 확실히 넓다.

아무리 애써도 하루나 이틀 만에 전부 돌아보는 것은 불가능하다.

하물며 고대 문명이 남긴 덫이 있으니, 거의 조사가 이루어지지 않은 채인 것도 납득이 갔다.

그 미지의 장소에서, 안나에게 걸맞은 쌍검을 찾아내는 것이다.

"아……? 저기 있는 건 에밀리아 선생님 아니에요?"

"어머, 정말이네. 저 애도 역시 모험가니까…… 에밀리아~. 여기~."

로라 일행은 조금 떨어진 곳을 날고 있는 에밀리아를 향해 외쳤다.

그러자 에밀리아도 눈치채고 진로를 수정해 다가왔다.

"학장님도 부유 보물고에 가실 거라고는 생각했지만…… 설마 같은 시간에 출발했을 줄은 몰랐어요."

"우연이네~~."

"에밀리아 선생님과 우리는 이심전심인 거네요!"

"이왕 만난 거, 에밀리아 선생님도 같이 가시면 어때요?"

"동료는 많을수록 든든해."

"그래, 그렇게 해. 난 전에도 부유 보물고에 간 적이 있어서 조금은 안내할 수 있어."

"으음, 그래요…… 그럼 사양하지 않을게요…… 읏챠."

에밀리아는 카펫에 앉아 비행 마법을 해제했다.

"아아, 편해…… 좋은 학장님을 둬서 행복해요."

"에밀리아도 참, 젊어서 편한 맛을 알아 버리고 말이야…… 부유 보물고에 도착하면 제대로 일해!"

"네, 네. 근데, 일이라면 어떤 일을 말씀하시는 거예요?"

"그거야, 고대 문명이 남긴 마도 병기와의 싸움이지. 강력한 골렘 같은 게 나오니까 수행이라고 생각하고 제대로 해~."

"으아…… 학장님이 강력하다고 하시니 많이 강하겠죠……."

에밀리아는 벌써부터 싫은 표정을 지었다.

그러나 로라와 샬롯은 얼굴을 마주 보고 손과 손을 맞잡고 기뻐했다.

"강력한 골렘이래요, 샬롯!"

"가만히 있을 수 없죠!"

"두 사람 다 기운이 넘치네…… 안나, 늘 같이 놀면 피곤하지 않아?"

"피곤하지만 재미있어! 그리고 골렘은 나도 보고 싶어."

"물론 나도 궁금은 하지만…… 학장님, 제가 다칠 것 같으면 도와주세요."

"그래. 에밀리아가 최선을 다하고, 그래도 안 되면 도와줄게."

"하아…… 여전히 스파르타시라니까……."

입으로는 싫은 듯이 말했지만, 에밀리아의 얼굴에는 투지가 떠올라 있었다.

그래야 마법학과 1학년 담임이다. 로라도 자랑스러워졌다.

"그래서, 학장님. 어느 루트로 들어가실 거예요?"

그렇게 말한 에밀리아는 카펫 위에 두 장의 지도를 펼쳤다.

첫 번째는 숲과 언덕이 그려져 있으니 부유 보물고의 윗부분에 해당하는 지도일 것이다.

두 번째는 그야말로 미로였다. 통로가 몇 개나 그려져 있고, 막 다른 곳과 갈림길이 무수히 있었다. 게다가 미완성본이었다.

어느 지점에서 통로가 이어지다 공백이 보였고 또 다른 지점에서도 통로가 이어지다 공백이었다.

선과 선이 이어져 있지 않았다. 매우 혼란스러운 상태였다.

"이 그리다 만 미로는 뭐예요?"

"이건 부유 보물고 내부 지도야."

"내부……? 그러니까 지하라는 말씀이세요?"

"공중에 뜬 섬의 내부를 지하라고 하는 게 맞는지 모르겠지만…… 그래."

"우와. 표면만 있는 게 아니네요."

"그래. 오히려 지하가 핵심이야. 지상 부분은 한가로운 풍경이 펼쳐져 있을 뿐이니까."

에밀리아의 설명을 로라, 샬롯, 안나는 진지하게 듣고 있었다.

그러나 옆에서 대현자가 찬물을 끼얹었다.

"어머, 에밀리아. 꼭 보고 온 것처럼 말하는구나. 마지막으로 부유 보물고가 나타났던 건 네가 철이 들기도 전이잖아?"

"실제로 본 적은 없어도 문헌을 뒤지면 웬만큼은 알 수 있어요. 그보다, 학장님은 실제로 보셨으니 이 애들한테 가르쳐 주시면 되잖아요."

"가르쳐 줄 것도 없이 곧 실물을 볼 수 있어! 백문이 불여일견. 아아, 봐. 저게 부유 보물고의 상층부야."

카펫은 바위의 표면을 스칠 듯이 올라갔다. 그리고 어느 순간, 바위의 모습이 사라졌다. 그리고 로라 일행의 눈앞에 초록이 펼쳐졌다.

섬의 끝에서 시작된 초원이 저 멀리까지 이어져 있었다.

맞은편에는 완만한 언덕이 몇 개인가 있고, 거기서부터 작은 강이 흐르고 있었다.

그리고 작은 강 옆에는 숲이 있고, 더욱 안쪽에는 바위 같은 건물이 보였다.

"와아, 굉장해! 이런 게 하늘을 날고 있다니!"

"마치 지상을 도려내 놓은 것 같아요!"

"강물은 어디서부터 흘러오는 걸까. 신기해."

로라 일행은 저마다 감상을 늘어놓았다.

미지의 유적이라는 인상과는 달리 한가로운 풍경이었다. 계속 보고 있어도 질리지 않았다.

하지만 그렇게 생각한 것도 잠시, 갑자기 강한 충격이 카펫을 덮쳤다.

"꺄앗! 바, 방금 뭐예요?"

로라가 그렇게 외쳤을 때는 이미 충격은 사라지고 없었다.

"부유 보물고를 둘러싼 결계를 넘은 충격이야."

대현자가 설명해 줬다.

"아아……결계가 있군요."

"그래. 그래서 힘이 없는 사람은 여기까지 도착해도 결계에 튕겨 날아가 버려. 그리고 결계를 경계로 공기의 흐름이 완전히 차단돼 있어. 그리고 저걸 봐."

로라 일행은 들은 대로 고개를 위로 향했다.

그러자 그곳에는 태양이 떠 있었다.

하늘에 태양이 떠 있는 것은 딱히 신기한 일이 아니다. 그런데도 로라는 그만 흠칫했다.

왜냐하면, 그곳에는 두 개의 태양이 떠 있었기 때문이다.

"작은 쪽은 결계 안을 비추는 미니 태양이야. 결계와 미니 태양 덕분에 바깥의 상태가 어떻든 부유 보물고는 쾌적하지."

"그렇군요! 그래서 자연이 풍부한 거네요."

"굉장한 기술이에요……."

"이렇게 굉장한 걸 만들 수 있으니 분명 굉장한 단검도 만들었을 거야. 기대돼."

지식으로는 알고 있었지만…… 실제로 보니 굉장해……."

에밀리아도 입을 딱 벌리고 미니 태양을 바라봤다.

이 부유 보물고에서는 학생과 교사라는 입장은 관계없이 똑같이 아마추어다.

단, 대현자는 혼자 경험자로서 여유 가득한 얼굴을 하고 있었다.

"아, 참고로 에밀리아. 네가 갖고 온 지도는 도움이 안 돼. 오늘은 지하 이 층까지 갈 거니까. 네 지도는 일 층밖에 안 그려져 있지?"

"이, 이 층? 이 층이 있어요?!"

"있어. 50년 전에 갔었으니까."

"갔으면 제대로 길드에 알려 주세요! 사람들은 일 층밖에 모른다구요!"

"알리는 걸 깜빡했어~."

"깜빡하는 것도 정도가 있죠! 이 층이 있는 걸 알았으면 교과서에 실을 수 있었어요!"

"그러게. 나 때문에 다들 틀린 교과서를 50년이나 써왔네. 우후후."

"뭐가 웃기신 거예요!"

"걱정 마, 걱정 마. 다음엔 알릴 테니까. 내가 잊어버리면 에밀리아가 알려줘."

"아…… 제가 보고하면 제 공적이 되는데요?"

"딱히 상관없잖아~?"

"하아…… 정말 대충이시라니까…… 안 돼요. 제대로 학장님이 해 주세요."

“아아, 귀찮아~.”

그렇게 스케일이 큰 것치고는 얼빠진 대화를 나누면서 카펫은 초원 위를 날아갔다.

이윽고 숲을 지나 그 너머에 도착했다.

그곳에는 정사각형의 건물이 있었다.

색깔은 회색이고 높이는 제법 됐다. 왕도에서 가장 큰 건물은 대성당인데, 그것과 비슷한 정도일까.

재질은 멀리서 봐서는 알 수 없다. 이음매가 없으니 벽돌은 아닐 것이다. 물론 목제도 아니다.

거대한 바위를 주사위 모양으로 잘라 낸 듯한 인상을 줬다.

그 주사위 모양의 거대한 구조물은 옅은 물빛 같은 푸르스름한 빛을 뿜어냈다가 사라지게 하고 있었다. 마치 심장 고동과 같은 리듬이었다.

“학장님, 학장님. 안내를 부탁드려요!”

“후후, 좋아. 근데 나도 제대로 알아본 건 아니야. 그래도 아마 저건 이곳의 공기를 깨끗하게 만드는 장치일 거야. 그리고 강에 흐르는 물도 발생시키고 있을 거야. 뭐, 마력의 흐름으로 마음대로 상상한 것뿐이지만.”

“그렇군요. 그런 공기와 물이군요…… 그런 분위기가 있어요.”

“굉장해…… 지도에도 육면체가 있다고 되어 있지만…… 설마 이런 신비로운 물체였다니…… 말로만으로는 다 전달할 수 없어. 누구 그림에 자신 있는 사람 없어?"

에밀리아는 분한 듯이 중얼거렸다.

이 광경을 모두에게 알리고 싶은 것이리라.

"후후후. 그림이라면 저한테 맡겨 주세요!"

"샬롯한테 그려 달라고 할 바에는 몸짓으로 표현하는 게 그나마 전달될 거예요."

"동감이야. 샬롯의 그림 실력은 절망적이야. 부유 보물고가 오해받으니까 관두는 게 나아."

"그, 그래……? 하긴, 그림은 잘 그리는 사람이 그려야 전달되는 거니까."

"너무해요! 제 그림은 예술이에요!"

"샬롯, 무리하지 않는 게 좋아요."

"우우……."

샬롯은 초상화 그리기 대결에서 미사키에게 참패한 전적이 있다. 그 기억이 생생하니 자신감이 오래가지 않는 것이다.

오히려 샬롯의 근거 없는 자신감을 깨부숴 준 미사키가 여기 있었다면, 저 주사위 모양의 물체를 훌륭하게 그려 줬을 것이다. 그러나 그녀는 전투 훈련을 받지 않아서 위험한 장소에는 데리고 올 수 없다.

"신비의 장치 견학은 여기까지. 목적지는 좀 더 앞이야."

"학장님. 이 앞에는 입구가 없을 텐데요……?"

"지도에 실리지 않은 것뿐이겠지."

"그러니까, 학장님. 그런 걸 보셨으면 제대로 길드에 알려 주세요!"

"돌아가면 알릴게."

"약속하신 거예요?"

"네~."

누가 어른인지 헷갈리는 대화다.

에밀리아는 어린 로라 일행은 물론이고, 훨씬 나이가 많은 대현자도 걱정해야 하는 입장인 모양이다.

고생이 이만 저만 아니다.

다음에 어깨 안마권을 만들어 주자고, 로라는 맹세했다.

※

"으음, 이 근처였던 것 같은데…… 아아, 저기다."

대현자의 시선 끝에는 나무로 둘러싸인 작은 샘이 있었다.

설마 물놀이라도 하자는 건가, 하고 로라가 생각했더니 정말로 샘을 향해 돌진하는 것이 아닌가.

「꺄아악」, 「우와아악」 하고 다양한 비명이 터져 나왔다.

그러나 카펫이 물에 젖는 일은 없었다.

방향 전환을 한 것이 아니다.

바람의 결계가 물을 튕겨내 젖지 않고 물속에 들어간 것이다.

"흐아아…… 정말, 학장님. 이러실 거면 미리 말씀해 주세요. 깜짝 놀랐잖아요."

"어머, 미안. 그래도 스릴 있어서 재밌지?"

"무의미한 스릴은 원하지 않아요!"

로라가 외치자 다른 모두도 동감이라는 얼굴로 끄덕였다.

하쿠마저 같이 끄덕이고 있었다.

"다들 젊은데 욕심이 없네. 그보다, 누가 조명 좀 만들어 줄래~?"

"저한테 맡겨 주세요."

샬롯은 손바닥에서 빛의 구체를 만들어 냈다. 그것이 물속을 비추었다.

투명도 높은 물이라서 바닥까지 훤히 보였다.

물고기는 한 마리도 없었다.

그리고 바닥에는 놀랍게도 커다란 구멍이 뚫려 있었다.

"수중 동굴이라는 건가요?"

"맞아. 여기로 들어가면 일 층에 갈 수 있어. 지도에 실리지 않은 장소라서 순수 지대나 다름없어."

"히든 스팟이네요! 학장님과 같이 와서 다행이에요!"

"그런 장소를 알려 주는 건 기쁘지만…… 원래는 공유해야 할 정보야……."

"내가 처음 발견한 거니까 조금은 독점해도 되잖아."

그 조금이 50년이 되어 버리는 것이 대현자의 시간 감각이 여느 사람과 다르다는 사실을 말해 준다.

에밀리아도 슬슬 지적하기 지쳤는지 가벼운 한숨만으로 끝냈다.

"참고로 다른 입구로는 어떤 게 있어요~?"

"으음. 작은 건물이 여기저기 있는데 거기서 계단으로 내려가거나, 지상에도 동굴이 있어서 거기로도 일 층에 갈 수 있어. 수중 동굴도 찾으면 더 있을지도 몰라."

그렇게 설명하면서 대현자는 카펫을 수중 동굴 속으로 미끄러뜨렸다.

아래로, 위로, 좌로, 우로 구불구불 나아갔다.

머지않아 물이 끊겼다.

카펫이 위로 올라간 곳은 명백히 인공적으로 만들어진 통로였다.

"이게 지하 일 층이에요?"

"그래. 상당히 이질적인 느낌이지?"

"어, 어떻게 하면 이렇게 균일한 벽을 만들 수 있는 걸까요……."

"만지면 맨들맨들해. 일일이 다듬은 걸까?"

샬롯과 안나는 통로의 벽을 만지고 그 질감에 놀라고 있었다.

조금 전의 주사위 모양 물체와 마찬가지로 이음매가 전혀 없었다.

색깔은 푸르스름한 회색이고 로라 일행 다섯 명이 가로로 늘어서도 여유가 있을 만큼 넓었다.

이런 것을 지하에 만드는 기술의 정체는 뭘까…… 상상도 가지 않는다.

아니, 벽의 질감 이전에 깨끗한 시야가 꺼림칙하다.

어쨌든 이곳에는 창이 없다.

지하이니 당연한 거지만 그럼에도 불구하고, 환하다.

샬롯이 손바닥으로 만들어 내는 빛의 구체만으로는 이렇게 안쪽까지 비추지는 못할 것이다.

학교 지하보다 긴 통로 너머까지 또렷이 보이고 있다.

그 이유는 간단하다.

바닥과 벽 자체가 희미하게 빛나고 있기 때문이다.

"어떤 구조로 빛나는 걸까? 마법? 하지만 마력은 어디서……."

"에밀리아. 그건 지금 생각해 봤자 소용없어. 어쨌든 세계를 이동하는 섬이니까. 고대 문명의 기술력은 나도 이해하지 못 해. 상상의 날개는 나중에 천천히 펼치고, 지금은 우선 유적 모험을 즐깁시다!"

"동감이에요, 학장님. 저는 빨리 이 앞을 가보고 싶어서 몸이 근질근질 해요. 너무 오래 기다리게 하면 혼자 뛰어가 버릴 거예요!"

"로라가 간다면 저도 갈래요!"

"단검, 단검은 어디 있어?!"

"삐이!"

학생 세 명과 신수 한 마리는 더는 못 참겠다는 듯이 몸을 들썩였다.

어린애 같지만, 그러나 미지의 장소를 앞에 두고 평정심을 유지할 수 있다면 그것은 오히려 모험자로서 실격이다.

"괜찮아. 우리도 빨리 가보고 싶으니까. 그렇지? 에밀리아."

"당연하죠. 교사가 된 후로는 자제해 왔지만…… 저도 모험가예요. 미지의 세계에 도전하는 기개는 잃지 않았어요!"

에밀리아는 주먹을 불끈 쥐었다.

눈에는 불꽃이 일렁이고 있다.

그곳에 있는 것은 마법학과 1학년 담임이 아니라, A랭크 모험가 에밀리아였다.

"학장님. 여기는 지도로 치면 어디예요?"

"흠…… 수중 동굴이 여기지? 그리고 이런 식으로 구불구불 굽었으니까……."

대현자와 에밀리아는 두 장의 지도를 비교하며 대략적인 장소를 예상했다.

"지도를 그리는 건 에밀리아한테 맡길게. 꼼꼼하니까 그런 건 특기지?"

"네. 딱히 특기는 아니지만 이 중에서는 제가 적임이라고 생각해요."

에밀리아는 일행의 얼굴을 둘러보면서 끄덕였다.

어쩐지 무례한 말을 들은 듯한 기분이 드는 로라였다.

"그럼, 일단 이쪽으로 곧장, 쭉 가. 스톱. 거기를 돌면…… 골렘이 기다리고 있어."

골렘은 진흙이나 돌, 쇠붙이 따위로 만들어진 움직이는 인형을 말한다.

『침입자를 제거하자』라거나 『아군을 제외하고 모조리 죽여라』 같은 단순한 명령밖에 실행할 수 없지만, 반대로 단순 작업에는 대단히 도움이 되는 모양이다.

마력으로 움직이기 때문에 정기적으로 마법사가 마력을 주입하지 않으면 멈추는 문제가 있다. 그러나 의식주가 필요한 인간 노동자보다는 관리하기 쉽다고도 할 수 있다.

"고대 문명의 골렘…… 굉장할 것 같아요!"

"하지만 몇 천 년도 더 된 옛날 거예요. 어떻게 마력이 다하지 않는 걸까요?"

"분명, 엄청 소식하겠지."

로라와 샬롯, 안나는 호기심이 이끄는 대로 통로를 돌려 했다.

그러나 대현자가 그것을 막았다.

"잠깐. 골렘은 에밀리아한테 맡길게. 파자마레인저들은 견학이야."

""""우우—.""""

못마땅해했지만, 오기 전부터 에밀리아에게 맡기기로 되어 있었다. 예약 완료라면 어쩔 수 없다.

"……우린 마음이 넓으니까 에밀리아 선생님께 양보해요."

"그렇게 양보받고 싶은 마음은 없지만…… 수행이라고 생각하고 열심히 할게!"

"힘내~."

대현자의 응원을 등 뒤로 들으며, 에밀리아는 모퉁이를 돌았다.

로라 일행도 바로 뒤를 따라갔다.

"저게 고대의 골렘이군요…… 강해 보여요! 에밀리아 선생님, 힘내세요!"

기다리고 있던 것은 검은 바위로 만들어진 골렘이었다.

신장은 에밀리아의 두 배다.

당연히 팔도 다리도 두껍다. 맞기만 해도 충격이 상당할 것이다.

물론 단순한 물리적 충격이라면 에밀리아 정도의 마법사는 신경도 쓰지 않는다.

그러나 검은 골렘은 기분 나쁜 마력을 내뿜고 있었다.

확실히 『뭔가』를 걸어온다.

"상대가 거구면 이쪽도 거구야!"

에밀리아는 얼음의 정령을 소환해, 골렘과 충돌시켰다.

두 명의 거인이 격돌했다.

서로 팽팽히 맞붙어 한 걸음도 물러서지 않는다…… 고 생각했더니, 골렘의 박치기로 얼음의 정령에게 금이 갔다.

골렘은 충격으로 휘청이는 얼음의 정령에게 더욱 니킥을 가해 완전히 산산조각 냈다.

골렘은 기세를 몰아 에밀리아를 향해 뛰어왔다.

"큭, 역시 고대 문명이군!"

에밀리아는 방어 결계를 쳐서 날아오는 주먹을 막았다.

그것은 로라의 눈으로 봐도 충분히 두꺼운 결계였다.

괴력으로 얼음을 부숴도, A랭크 마법사는 부술 수 없다.

그러나 골렘은 괴력만 가진 존재가 아니었다.

온몸에서 수상한 마력을 내뿜으며, 에밀리아의 방어 결계를 깎아 내기 시작했다.

"말도 안 돼. 어떻게 생겨 먹은 거야!"

에밀리아가 놀라는 것도 당연했다.

방어 결계를 뚫을 때는 더욱 큰 마력을 부딪쳐서 파괴하는 것이 상투적 수단이다.

난이도는 더 높지만, 술식에 간섭해서 결계를 분해하는 방법도 있다.

그러나 지금 골렘이 하고 있는 것은 그 어느 쪽도 아니다.

닿는 즉시 깎아 내고 있다.

마치 마력 자체를 무용지물로 만들고 있는 듯했다.

에밀리아는 골렘의 주먹을 막기 위해 마력을 계속해서 내뿜고 있지만, 그 즉시 분해되니 끝이 없었다. 수도꼭지가 망가진 수도 같았다. 이대로라면 에밀리아의 마력은 순식간에 바닥난다.

“하지만, 내 앞에서 움직임을 멈춘 건 실수야!”

그렇게 말한 에밀리아는 골렘의 배에 손을 얹었다.

동시에 **골렘의 내부**에서 폭발 계통의 공격 마법을 발동했다.

섬광과 굉음, 돌풍이 통로를 뒤흔들었다.

제아무리 고대 문명이라도 내부에서 일어난 공격에는 대책이 없었는지 골렘은 갈기갈기 찢겨 날아갔다.

로라, 샬롯, 대현자는 그 파편을 방어 결계로 튕겨 냈다.

안나는 손으로 쳐냈다.

“어땠어? 에밀리아. 상당히 고전하는 것 같던데?”

“뭐, 그럭저럭요. 살짝 당황했지만 제 적은 아니에요!”

에밀리아는 안경을 휙 올리며 우쭐한 얼굴로 말했다.

역시 어른이 돼도 은사 앞에서는 허세를 부리고 싶은 것이리라.

“어머, 위세가 좋네. 참고로, 부유 보물고의 골렘은 쓰러뜨려도, 쓰러뜨려도 얼마 있으면 어디선가 나타나서 정해진 장소를 지켜. 그러니까 여기도 몇 시간 후면 다른 골렘이 올 거야."

"그럼 돌아갈 때 또 싸워야 한다는 거네요. 그런데 그런 대량의 골렘이 어디서 공급되는 걸까요……?"

"어디선가 저절로 만들어진다고밖에 생각할 수 없어…… 고대 문명은 신비로 가득 차 있어."

대현자와 에밀리아는 골렘의 파편을 바라보면서 대화를 나누었다.

로라와 샬롯, 안나도 파편을 주워 자세히 들여다봤다.

아무리 봐도 평범한 바위다. 그런데도 마력을 분해하는 기능이 있었으니, 무시무시한 고대 문명이다.

"저도 골렘과 싸우고 싶어요! 싸우고 싶어요!"

"그래. 그럼, 다음에 나오면 샬롯이 싸워. 단, 위험해지면 내가 뛰어들 거야."

"위험해질 일 없어요!"

그러나 몇 분 후.

두 골렘의 주먹을 막은 샬롯은 순식간에 방어 결계를 뚫리고 말았다.

대현자가 옆에서 골렘을 발로 차 날리지 않았다면, 지금쯤 샬롯의 얼굴은 납작해졌을 것이다.

"우우…… 에밀리아 선생님은 5초 정도 막았는데…… 저는 1초도 버티지 못했어요…….”

“당연하지. 아무리 그래도 아직 샬롯한테는 안 져.”

분해하는 샬롯을 향해 에밀리아는 섭섭한 표정을 지었다.

그건 그렇고, 에밀리아가 정말 강한 마법사라는 사실을 새삼 깨달았다.

마력도 기술도 샬롯과는 차원이 다르다.

그 샬롯도 평범한 학생의 눈에는 규격 외의 힘을 갖고 있다. 3학년 중에 최강으로 불리던 학생과 맞붙어서 이긴 적도 있다.

그러나 아직 교사의 실력에는 미치지 못하는 모양이다.

“전 상대가 누구든 지는 건 싫어요!”

“마음은 알겠지만…… 적어도 졸업할 때까지는 기다려줘. 교사보다 강한 학생은 로라 하나로 충분해.”

“아뇨, 기다리지 않을래요! 졸업하기 전에 쓰러뜨릴 목록에 에밀리아 선생님도 들어 있어요! 로라랑 학장님도 당연히 들어 있어요!”

“샬롯, 위험한 목록을 갖고 있구나……. 뭐, 별로 예상 못 했던 것 아니지만.”

“샬롯, 나는?”

“안나는, 1학기 교내 토너먼트 때 이겼어요.”

“듣고 보니…….”

안나는 머리를 긁적이며 중얼거렸다.

"그건 그렇고 이제 곧 점심이야! 쉬자. 모처럼 폐하한테 식량을 받았으니까 안 먹으면 손해야."

대현자는 품에서 회중시계를 꺼내 시간을 확인하면서 말했다.

"아? 저는 아직 배가 고프지 않은데요……."

"그건 로라가 오믈렛을 두 접시나 먹었기 때문이에요!"

"거기까진 미처 생각 못 했어요!"

로라는 점심을 걸러도 되겠다 싶을 정도로 배가 고프지 않았다.

하지만 혼자만 먹지 않는 것도 싫었다.

그래서 평소에 먹고 싶었던 말린 고기만 조금 먹기로 했다.

"하움…… 우와, 생각했던 것보다 더 고소해요! 그냥 고기와는 또 다른 맛이에요!"

"말린 고기를 먹으면 맥주 생각이 나."

에밀리아도 말린 고기를 뜯으면서 절실히 중얼거렸다.

"맥주…… 아쉽게도 맥주는 없지만 메이드 씨가 준 물통에는 주스가 들어 있어요! 게다가 열어 보기 전까지 뭐가 들어 있는지 모르는 깜짝 주스니 마셔 봐요! 자, 쭉!"

"주스라면 말린 고기보다 쿠키가 더 어울릴 것 같은데."

에밀리아는 씁쓸히 웃으며 컵을 손에 들었다.

로라는 그 컵에 자기 물통에 든 주스를 따랐다.

그러자 노란색 주스가 나왔다.

오렌지 주스일까?

"응? 처음 먹어 보는 맛이야. 적어도 오렌지는 아냐."

"그, 그래요? 어디……."

로라는 자기 컵에도 따라서 한 입 마셨다.

확실히 무슨 주스인지 알 수 없다. 하지만 맛있어서 또 마셨다. 역시 알 수 없다. 맛있다. 꿀꺽꿀꺽. 컵이 비었다.

"맛있다는 것밖에 모르겠어요."

"로라. 나도 좀 줘."

"네, 여기요."

"……아아, 이건 아마도, 파인 주스 같네."

"파인, 이요?"

처음 듣는 이름이었기에 로라는 되뇌어 물었다.

"남쪽 나라에서 나는 과일이야. 키위도 그렇고, 폐하는 남쪽 나라에 빠져 있나?"

"그렇군요…… 파인…… 왠지 가슴이 커질 것 같은 이름이에요!"

로라가 단어의 울림만으로 아무런 말을 하자 안나가 눈을 번쩍 빛냈다.

"로라. 나도 파인 주스 좀 줘. 나도 가슴 커질래."

"좋아요! 대신 안나 주스도 주세요. 안나 건 뭐예요?"

"내 건 포도 주스였어."

“참고로 제 건 토마토 주스예요. 저당이에요!”

“난 사과 주스야~.”

다 같이 주스를 돌려 마시거나 혼합 주스를 만들면서 놀았다.

하쿠도 마시고 싶어 해서 접시에 주스를 담아 줬다. 그러자 고양이처럼 귀엽게 혀로 할짝할짝 핥기 시작했다.

주스를 마셔 입 안 가득 달콤해졌기에 휴식을 끝내고 다시 통로를 나아갔다.

때때로 작은 방이나 갈림길이 나타나, 그때마다 대현자가 「이건 비행 날개옷이 있던 방」, 「저건 빈 보석함만 있는 방」, 「여기를 오른쪽으로 곧장 쭉 간 곳이 전투 메이드를 만났던 곳. 지도의 이곳과 이어져. 지금은 왼쪽으로 가지만」 하고 설명해 줬다.

에밀리아는 그것을 열심히 지도에 메모했다.

“아, 봐 봐. 이 방, 벽을 따라 갑옷이 가득 늘어서 있지? 저 복판에 있는 보석함을 만지는 순간, 갑옷이 움직이기 시작해서 달려들어~.”

“윽, 그건 놀랄 것 같아요. 그렇게 경계가 엄중하다는 건, 저 보석함에는 굉장한 물건이 들어 있었던 거죠?”

“응. 옷이 훤히 비치는 안경이 들어 있었어.”

“……아, 네.”

“그나저나 고대 문명은 무슨 생각으로 이런 보물고를 만든 걸까요? 보물을 지키는 거라면 좀 더 효율적인 방법이 있을 것 같아요. 저로서는 재미로 만들었다는 생각밖에 들지 않아요."

샬롯의 말에 대현자가 끄덕였다.

"응. 나도 그렇게 생각했어. 어쩌면, 정말로 이곳은 여흥을 위한 장소였을지도 몰라. 보석함에 든 건 도착한 사람한테 주는 상이고."

그 후, 한꺼번에 나타난 세 골렘을 에밀리아가 근성을 발휘해 무찔렀다.

그 끝에는 아래로 이어지는 나선형의 계단이 기다리고 있었다.

"계단이 있다는 건 이 앞이 지하 이 층…… 학장님 말을 믿지 않았던 건 아니지만…… 직접 보니 소름이 돋네요……."

에밀리아는 계단을 들여다보면서 떨리는 목소리로 중얼거렸다.

어쨌든 이 끝은 존재조차 알려지지 않은 비경 중의 비경이다. 지난 몇 천 년 동안, 대현자 이외의 인류가 발을 들인 적이 없을 가능성이 높은 장소였다.

"우리들의 이름을 역사에 남기겠어요! 가자드 가문, 오랜만의 위업이에요!"

"저는 아버지와 어머니가 교과서에 실려 있으니 2대째 위업이에요!"

"서민인 나한텐 낯선 이야기야……."

"나도 드래곤을 쓰러뜨렸으니 길드 기록에는 평생 남겠지만…… 이건 좀 격이 다르지……."

미지의 공간을 앞에 두고, 저마다 감상을 말했다.

그러나 대현자는 아무런 감흥도 없이 성큼성큼 계단을 내려가 버렸다.

"아앗, 학장님. 아까워요! 이런 건 좀 더 감동하면서 나가야 해요!"

"난 두 번짼걸. 그리고 계단 앞에 계속 서 있어 봤자 소용없잖아? 이 끝에는 더 굉장한 게 있을 거야. 전에 왔을 땐 별로 탐색할 시간이 없어서 나도 이 층은 거의 몰라."

모르니까 알고 싶다는 지극히 단순한 욕구였다.

너무나도 모험가다운 욕구였다. 이미 살아 있는 전설로 변해 버린 그녀지만, 근본은 신입 모험가와 전혀 다르지 않을지도 모른다.

그런 대현자에게 감화되어 로라 일행도 서둘러 계단을 내려갔다.

※

이 층의 통로도 외관은 일 층과 다르지 않았다.

그러나 장소를 지배하는 분위기랄까, 압력이 다르다.

일 층에서는 아무것도 느껴지지 않았는데 이 층에 들어선 순간, 이곳이 위험한 장소임을 본능이 알려왔다.

"삐이!"

"하쿠도 느꼈어요? 이 층에는 분명 강적이 기다리고 있어요! 두

근거려요! 학장님은 어째서 저번엔 바로 걸음을 돌리신 거예요?"

"그야, 이렇게 흥미로운 장소는 정신줄을 놓고 그냥 나아가게 되잖아. 그럼 돌아갈 수 없어져. 그래서 정신줄을 놓기 전에 돌아간 거야."

"그렇군요! 이해했어요!"

"정신줄이라고 하니까, 여기까지는 들뜬 상태로 왔지만 분명 이제 곧 밤이야! 학장님, 오늘은 여기까지 하는 게 어때요?"

"듣고 보니 그러네. 그럼, 여기서 휴식하는 걸로 할까?

"고지를 앞두고 정지당했어요…… 아쉬워요."

"그래도 휴식은 중요해. 이 끝에 강적이 있다면 더더욱."

"알아요. 그래도 나아가고 싶은 게 인지상정이에요."

그렇게 말하면서도 샬롯은 바닥에 주저앉았다.

오늘 하루 줄곧 미지의 장소를 돌며 긴장 상태였던 것이다.

아무리 나아가고 싶은 것이 인지상정이라도 몸이 따라 주지 않는다.

샬롯이 앉자 다른 사람들도 털썩 하고 앉았다.

모두 피로가 쌓인 모습이었다.

특히 골렘과 계속 싸운 에밀리아는 바닥에 축 뻗어 버렸다.

아무렇지 않은 것은 대현자 정도일 것이다.

"삐이!"

"아, 하쿠도 쌩쌩하네요."

신수님은 로라의 머리 위에서 계속 관전만 했으니 지칠 여지가 없다.

싸우지 않았다는 의미에서는 로라와 안나도 마찬가지지만…… 모르는 장소를 돌아다니는 것은 그 자체만으로 피곤한 것이다.

"피곤할 땐 단 걸 먹는 게 좋아. 자, 초콜릿."

"우와! 배낭에 이런 것까지 들어 있었어요?"

"응. 그 메이드, 정말 세심해. 내가 고용하고 싶을 정도야."

"아하하. 폐하가 진심으로 화내실 것 같아요."

대현자는 납작한 초콜릿을 모두에게 하나씩 나눠 줬다.

하쿠에게는 로라 것을 조금 나눠 줬다.

그리고 대현자는 바닥에 매트리스를 여러 개 깔기 시작했다.

그렇지만 이것은 배낭에서 나온 것이 아니다.

차원 창고에서 꺼낸 것이다.

"학장님. 준비성이 좋으시네요."

"너희랑 섞여서 자려고. 그리고 이 매트리스는 적이 다가오면 진동해서 알려 주는 기능이 있어."

"굉장해요, 존경스러워요! 하지만 로라 옆은 양보 못 해요!"

"나도 로라 옆은 반드시 사수할 거야."

샬롯과 안나는 눕기 전부터 로라의 양옆을 굳건히 지켰다.

그러나 대현자는 조금도 당황하지 않았다.

"괜찮아~. 나는 에밀리아를 안고 잘 거니까."

"네? 무슨 말씀이세요, 학장님. 전 이제 어른이에요. 어릴 때라면 몰라도 이제 와서…… 앗, 잠깐, 학생들이 보고 있어요, 아아…… 안 돼요……!"

에밀리아는 비교적 진심으로 싫어했지만 대현자는 「좋지 않은가, 좋지 않은가」 하며 매트리스에 에밀리아를 쓰러뜨렸다.

"저도 질 수 없어요!"

"무슨 싸움이에요?!"

"포옹 배게 자랑 대회, 려나?"

로라도 쓰러뜨려졌다.

평소라면 침대에 벌러덩 누운 뒤에도 한동안 놀다가 잠이 들지만, 오늘은 어지간히 피로가 쌓였는지 샬롯과 안나는 이내 새근거리며 잠들어 버렸다.

"흐아아…… 사람을 쓰러뜨려 놓고 먼저 자다니, 너무들 해요……."

"어머, 그쪽도? 학장님도 먼저 잠들어 버렸어."

에밀리아도 웃음 섞인 목소리로 말했다.

"휴. 선생님이나 저나 포옹 베개 역할은 힘드네요. 그나저나 학장님도 피곤하셨던 걸까요?"

"글쎄…… 학장님은 피곤하지 않아도 잘 자니까……."

"듣고 보니 그랬네요. 이렇게 된 이상, 우리도 깨어 있어 봤자니 얌전히 잠들까요?"

"그래. 누가 뭐래도 내가 제일 피곤해…… 흐아아…… 잘 자……."

"네. 안녕히 주무세요. 하쿠도 잘 자요."

"삐이."

하쿠는 매트리스 위에서 둥글게 몸을 말고 눈을 감았다.

로라도 눈을 감자 묵직한 졸음이 찾아왔다.

언제 어디서든, 설령 언니들 사이에 끼여 숨이 막힌다 해도 잠들 수 있는 것이 로라의 특기다.

제6장 열혈 안나예요

"으음. 십자로예요."

푹 잔 뒤 이 층 공략에 나선 로라 일행 앞에 곧바로 갈림길이 나타났다.

"자, 학장님! 어디로 가야 할지 지시를 내려 주세요!"

"으음…… 모르겠어~."

"아아—."

"이 층은 바로 돌아왔다니까."

"흐음. 그럼 제가 적당히 정해도 되나요?"

"좋아~."

대현자의 허락을 받은 로라는 어디로 갈지 정하려 했다.

그러나 좀처럼 좋은 방법이 떠오르지 않았다.

"아! 하쿠 점을 봐요! 하쿠가 가는 길이 정답이에요!"

"그게 어디가 점이에요?"

"하쿠는 신수예요! 신수가 가는 길에는 은총이 있을 거예요. 어엿한 점이에요! 그러니까 하쿠, 마음에 드는 길로 가 주세요!"

로라는 머리 위의 하쿠를 바닥에 내려놨다.

그러자 하쿠는 십자로를 두리번거리며 바라봤다.

어디로 갈지 제대로 고민해 주는 모양이다.

하쿠가 마음을 알아 준 듯해 로라는 신이 났다.

그런데—.

"아아, 하쿠! 그쪽은 방금 왔던 길이에요! 돌아가면 어떡해요!"

"삐이?"

로라는 당황해서 하쿠를 안아 올렸지만, 신수님은 뭐가 문제인지 모르는지 의아한 표정을 지었다. 취지가 잘 전달되지 않은 모양이다.

"로라랑 하쿠한테 맡겨 두면 끝이 없겠어. 난 오른쪽이 좋을 것 같아."

"그래. 어디든 좋으니까 가자."

"정답을 모른다면 서 있어 봤자예요."

"자, 로라. 하쿠. 가자—."

"히이잉…… 한 번의 실패로 프로젝트 리더에서 쫓겨났어요. 사회는 냉정해요……."

"삐이."

"괜찮아요, 하쿠. 나는 실패를 부하한테 떠넘기거나 하지 않아요!"

"삐!"

하쿠는 로라의 품에서 즐거운 듯 울었다. 아마도 무슨 말인지 모르는 것이다.

로라 자신도 분위기에 취해 말한 것뿐이었다. 그냥 어른스러운 말을 해 보고 싶었던 것이다.

말하고 나서 만족했기에 로라는 다시 하쿠를 머리를 얹고 일행을 쫓아갔다.

그렇게 통로를 나아가자, 갑자기 넓은 장소가 나왔다.

일 층에 있던 보석함이 있는 작은 방이 아니다.

체육관 크기 정도는 되는 넓은 방이다.

이렇다 할 장식은 없었다. 그러나 안쪽에는 대좌가 놓여 있고, 그곳에 검 한 자루가 꽂혀 있었다.

별로 큰 검은 아니다. 한 손으로도 충분히 휘두를 수 있을 듯한 작은 검이었다.

"와아…… 와아아아! 검이에요, 그것도 아슬아슬하게 단검이라고 부를 수 있는 검이에요! 이것이야말로 찾아 왔던 물건이에요!"

로라는 흥분을 감추지 못하고 소리쳤다. 그리고 그것으로 부족했는지 덩실덩실 춤을 추기 시작했다.

안나도 그 검을 지그시 응시했다.

그러나 갑자기 달려가서 움켜쥐거나 하지는 않았다.

이유는 간단하다. 그 검이 위험한 기운을 내뿜고 있어서다.

다가가면 베일 것 같은, 그런 인상을 풍기고 있었다.

하지만 어떤 명검도 쓰는 사람이 없으면 무해하다고 했다.

"안나, 어떻게 할래요? 제가 대좌에서 뽑아 올까요?"

"……아니. 내가 쓸 검이니까, 내가 뽑을래."

"잠깐만, 안나. 눈치챘겠지만, 보통 기운이 아니야. 저 검 자체가 마력을 내뿜고 있어. 무슨 일이 일어날지 몰라."

대현자는 진지한 표정으로 말했다.

그녀가 이런 얼굴을 한다는 것은 정말로 위험하다는 뜻이었다.

그럼에도 불구하고 안나는 뜻을 굽히지 않았다.

"내가 뽑을래."

"그래…… 뼛속까지 모험가구나. 좋아. 뭐, 내가 뒤에서 보고 있으니까 괜찮겠지."

"하, 학장님…… 그렇게 간단히……."

당연하게도 에밀리아는 당황했다.

상대는 고대 문명이 남긴 미지의 마법검. 최악의 경우, 목숨을 잃을 가능성조차 있다.

그런 물건에 학생을 접근시키는 것은 상식인인 에밀리아에게는 있을 수 없는 일이었다.

그러나 에밀리아는 모험가이기도 했다. 모험가 중에 상식인 따위는 존재하지 않는다.

안나의 눈동자를 보면 얼마나 진지한지, 그저 막으면 그만인 결의가 아님을 알 수 있었다.

"……그래. 안나도 강해지고 싶겠지. 좋아. 무슨 일이 생기면 우리가 도울게. 힘내!"

"고마워, 에밀리아 선생님. 걱정 마. 무리는 안 해."

"힘내요, 안나. 우리가 있어요!"

"저랑 하쿠가 언제라도 원호 사격 할게요!"

"삐이."

로라 일행의 응원에 안나는 작게 끄덕이고, 대좌를 향해 천천히 걸어갔다.

그 순간, 방 전체에 부우우웅 하는 저음이 울려 퍼졌다.

무슨 소리일까—. 그런 생각을 하는 것보다 먼저, 검이 움직였다.

아직 아무도 만지지 않았는데 마치 투명 인간이 잡기라도 한 것처럼 저절로 대좌에서 뽑혀 둥실둥실 떠다녔다.

그 찰나, 안나는 등에 짊어진 대검을 양손에 거머쥐었다.

응시하는 것은 떠다니는 부유검.

로라에게는 안나의 등밖에 보이지 않지만, 곧장 투지를 내뿜고 있는 것이 느껴졌다.

그리고 신기하게도, 부유검에서도 투지가 느껴졌다.

"승부야."

짧게 중얼거린 안나는 부유검을 향해 돌진했다.

속도와 체중을 검에 싣고, 대기를 진동시키는 일격을 날렸다.

번개와 같은 참격이었다.

방과 후에 로라와 하는 특훈에서 보여준 것보다 훨씬 빨랐다.

로라에게는 조절을 했던 걸까? 아니다.

안나는 지금 성장한 것이다.

각오가 한계를 끌어 올렸다.

그렇다면 무엇이 그녀를 그 정도로 각오하게 했을까? 생일에 쌍검을 받고 싶다. 그 마음은 안다.

그러나 단지 그것이 한계를 뛰어넘을 정도의 각오로 이어진다고는 생각할 수 없다.

로라가 모르는 무언가가 안나를 변화시켰다.

언제나 함께인 친구지만, 그녀에게 소중한 것이 무엇인지 로라는 몰랐다.

그러나 그것보다. 라이벌 검사가 급성장한 사실에, 로라는 주먹을 불끈 쥐었다.

아아, 멀리 앞서 나가 버렸어…….

지금까지는 서로 한 걸음씩 앞서고 뒤서는 관계였는데.

갑자기 세 걸음 정도 뒤처지고 말았다.

지금 붙으면 순수한 검기로 로라는 안나를 당해낼 수 없다.

그런 안나의 일격을 부유검은 막고 튕겨 냈다.

쇠붙이가 충돌하는 소리가 고막을 때렸다.

선글라스가 생각날 정도의 불꽃이 튀었다.

충격으로 안나는 잠시 휘청였지만, 곧바로 자세를 정비했다.

부유검도 반동으로 멀찍이 뒤로 날았다. 그러나 공중에서 한 바퀴 돌더니 그 칼끝을 안나에게 향했다.

틀림없다. 저 부유검은 무기이면서 검사다.

저것은 안나와 결투를 하고 있다.

또 부우우우웅 하는 저음이 울렸다.

소리에 맞춰 부유검의 도신이 희미하게 떨렸다. 그 부분이 소리의 출처인 모양이다.

착각일까. 로라에게는 그 저음이 안나의 싸움을 칭송하는 것처럼 들렸다.

어쨌든 적어도 이 저음은 단순히 울리는 것이 아니다.

“이건 어쩌면…… 주문……?!”

에밀리아가 믿을 수 없다는 표정을 지었다.

그러나 실제로, 소리에 맞춰 뿜어져 나온 마력이 세계에 간섭하기 시작했다.

부유검 바로 옆에서 방전 현상이 일었다.

그로 인해 발생한 번개가 한 군데에 모여 인간의 형상을 갖추고 빛나는 주먹으로 부유검을 쥐었다. 그리고 양팔로 겨누었다.

“검이, 번개의 정령을 소환했어요…….”

샬롯이 모두의 경악을 대변하듯이 중얼거렸다.

실제로 목격하도고 「말도 안 돼」라고 말하고 싶어지는 광경이었다.

마력을 내뿜는 검은, 희소하지만 존재한다. 그것을 쥐면 마법을 쓰지 못하는 자라도 마법사 흉내를 낼 수 있다. 그렇지만 누군가가 그 검을 써 줘야 한다.

검이라는 것은 도구다. 도구는 인간이 의지를 갖고 쓰는 물건이다.

도구가 스스로 의지를 갖고 그 기능을 발휘할 수 있다면 그것은 이미 도구가 아니다.

자신의 의지와 마력, 거기에 투지마저 가진 마법검……. 아, 여기까지 오면 이미 검사가 아닐까.

검을 쥔 번개의 정령은 격렬히 번쩍이고, 검 자체도 전류를 내뿜고 있었다.

이미 이것은 한 쌍이 하나의 검사다.

“안나, 힘내요!”

저 번개의 검사가 틀림없는 강적이라고 느낀 로라는 저도 모르게 소리쳤다.

어쩌면 구하러 갈 새도 없이 안나가 죽을지도 모른다고 생각이 들 정도였다.

그렇지만 말릴 생각은 조금도 없었다. 이것은 안나의 싸움이었다.

천둥이 울려 퍼졌다. 섬광이 용솟음쳤다.

번개의 검사는 그저 서 있는 것만으로도 주위에 방대한 에너지를 흩뿌리고, 그것을 몸에 감은 채 안나를 향해 돌진했다.

안나는 도망치지 않았다. 피하지도 않았다. 그녀가 선택한 것은 정면충돌이었다.

차단물이 없는 열린 공간에서 정면으로 검과 검을 부딪치는 진검 승부.

안나는 적의 공격을 모두 막아 내고, 역공에 나섰다. 그러나 전부 막혔다. 공방은 팽팽했다.

단, 그것은 검에 한정했을 때였다.

상대는 『그곳에 있는』 것만으로 주위를 번개로 태우고 있었다.

그렇다면 가까운 거리에서 싸우고 있는 안나가 직격탄을 맞는 것은 피할 수 없다.

안나는 전사학과지만 그럼에도 『방어 마법 적성: 29』, 『강화 마법 적성: 31』로 마법에 다소 재능을 갖고 있었다.

그 재능을 로라와 샬롯의 지도 아래 조금씩 키워 왔다.

그런 어설픈 마법 기술로 안나는 온몸에 방어 결계를 쳐서 전신 화상을 간신히 피하고 있었다. 물론, 전사학과 수업에 틈틈이 익힌 방어 결계로 가까운 거리에서 날아오는 전류 공격을 모두 막아 내는 것은 불가능하다.

안나는 시간이 갈수록, 말 그대로 타들어 갔다.

살이 타는 냄새가 났다.

평소라면 움직임이 둔해진다. 아니, 움직일 수 없다. 로라나 대현자에게 도움을 구하고, 패배를 인정하는 것이 보통이다.

그러나 안나는 더욱 속도를 높였다. 칼놀림도, 몸놀림도, 모든 동작이 빨라졌다.

마치 영혼 자체를 연소시키듯이 계속 앞으로 나아갔다.

"하아앗!"

우렁찬 외침과 함께, 혼신의 일격이— 아마도 안나의 인생에서 가장 눈부신 일격이, 적의 검을 튕겨 냈다.

검은 높이 떠올랐다. 도중에 방향을 바꿔 공격하는 일 따위 없었다. 그저 힘없이 빙글빙글 돌 뿐이다.

동시에 안나의 검도 날아갔다.

혼신의 일격을 버티지 못하고, 칼날이 중앙부터 부러져 버린 것이다.

그러나 아직 절반은 남았다.

안나는 남은 칼날로 번개의 정령을 내리쳤다.

철검으로 번개를 건드리는 일은 자살 행위나 다름없다.
상식적으로 생각하면 감전되어 죽을 뿐이다.
그러나 안나는 번개의 정령을 갈랐다.
단칼에 정수리부터 두 동강 냈다.

그것은 어떤 이치일까. 마력의 원천인 검과 떨어져서, 정령은 이미 모습을 나타낼 힘을 잃었던 걸까.
안나의 마력이 자신의 대검을 뒤덮고, 정령에게까지 간섭한 걸까.

그렇게 그럴 듯한 말은 할 수 있다. 그러나 그것은 아무래도 좋으리라.
안나의 결코 물러서지 않는 마음이 번개마저 벤 것이다.
"안나!"
로라는 힘없이 쓰러지는 안나 곁으로 달려갔다.
안나의 뒤통수가 바닥에 닿기 전에 간신히 받아 냈다.
하지만 뜨거웠다. 사람의 체온이 아니었다.
검게 탄 옷과 피부에서 연기가 피어올랐다.
"회, 회복 마법을 걸게요!"
샬롯이 황급히 안나에게 손을 뻗었지만, 화상을 넘어 숯이 되어 버린 피부를 원래대로 되돌릴 수는 없었다.

"나한테 맡겨. 어디—. 아픈 것아, 아픈 것아, 날아가라~~."

대현자가 가볍게 주문(?)을 외우자, 안나의 몸이 빛으로 뒤덮였다.

순식간에 화상 자국이 사라지고, 원래의 깨끗한 피부로 돌아왔다.

"……통증이 사라졌어."

안나는 벌떡 일어났다.

"고마워. 학장님."

"후후. 귀여운 여자애가 상처투성이인 꼴은 못 봐. 그래도 역시 옷은 원래대로 되돌릴 수 없어. 미안해."

대현자가 말한 것처럼 안나의 옷은 너덜너덜했다.

찢어진 부분 사이로 살이 드러나 있었다.

"어쩌지. 이런 꼴로 왕도로 돌아가는 건 좀 부끄러운데."

지금까지 목숨 건 싸움을 해 놓고, 그것은 신경도 쓰지 않고 옷 걱정을 하는 것이 안나답다.

"하아…… 정말 대책 없는 애라니까. 그래도 살아남아 줘서 다행이야. 안나한테 혹시 무슨 일이 생기면 전사학과 선생님들을 뵐 낯이 없으니까."

에밀리아는 웅크리고 앉아 안나의 머리를 쓰다듬었다.

"미안, 에밀리아 선생님. 무리하지 않겠다고 약속했는데, 도중에 깜빡했어."

"그렇겠지. 이제 이런 짓은 하면 안 돼. 목숨을 거는 건 졸업한 뒤에 해 줘. 심장에 안 좋으니까."

"……노력할게."

안나는 난감한 표정으로 끄덕였다. 그러고는 부러진 애검을 바라봤다.

"……입학 전부터 써 오던 건데, 두 동강 나 버렸어."

쓸쓸한 목소리로 말하는 것도 당연했다. 오랫동안 써 온 검에는 애착이 생긴다.

로라는 자기가 쓰던 검이 아닌데도 불구하고 쓸쓸해졌다.

파자마레인저와 비밀결사 종이봉투로, 함께 수많은 강적과 싸워 온 검이므로.

한편 로라는 검사로서, 안나와 그 애검이 부럽기도 했다.

"안나. 그 검은 마지막까지 안나와 함께 싸우고 안나를 지켰어요. 부러질 때까지…… 아니, 부러지고도 최후의 일격을 견뎠어요. 모든 것을 쏟아 냈어요. 굉장해요! 부러진 건 아쉽지만…… 검으로서, 더할 나위 없는 최후였다고 생각해요!"

로라의 지금 검은 두 번째 검이다.

아버지에게 받은 첫 번째 검은 교내 토너먼트 결승전 때 녹아 버렸다.

검으로서의 힘을 다 쏟게 해 주었냐고 묻는다면, 아니었다.

그렇기에 더욱 안나를 존경했다.

"알아. 이 애는 아슬아슬한 순간까지 날 지켜 줬어. 그러지 않았다면 지금쯤 나도 두 동강 났을 거야."

안나는 중얼거리며 검을 쓰다듬었다.

이윽고 자리에서 일어나 부러져서 날아간 칼날을 주웠다.

"로라. 이거, 차원 창고에 넣어 줄래?"

"당연하죠!"

두 동강 난 대검을, 저편의 세계에 보관했다.

그리고 이번에는 모두의 시선이 다른 한 자루의 검에 쏠렸다.

조금 전까지 안나가 장렬한 전투를 벌였던 상대.

번개를 내뿜던 마법검이다.

그것은 지금 무해한 보통의 검으로 바닥에 떨어져 있었다.

그러나 그것은 외관뿐이다. 여전히 방대한 마력을 뿜으며, 그 기능이 건재함을 알렸다.

그러나 이 방에 처음 들어왔을 때와 비교해서 명확히 다른 점이 있었다.

그것은 낌새다. 투기. 적의. 위압감 같은 것이 온데간데없이 사라져 있었다.

검을 향해 안나는 한 걸음 내디뎠다.

그러자 검은 바닥에 자신의 칼날을 박고 똑바로 섰다.

동시에 그 부우우우웅 하는 저음이 울렸다.

—마스, 터.

목소리가 들렸다.

아니다. 들렸다기보다 느껴졌다. 전해졌다.

저음에 담긴 의지가. 검이 내뿜는 마음이.

안나를 향해 외치고 있었다. 마스터라고.

"안나. 조심하세요!"

"괜찮아. 이제 저 검은 공격하지 않아. 아마도."

"하지만, 이 목소리, 우리의 방심을 유도하는 건지도 몰라요……."

"그때는 그때야."

안나는 신경 쓰지 않고 성큼성큼 걸어갔다.

샬롯은 그 모습을 조마조마한 표정으로 바라봤지만, 대현자가 그 어깨를 탁 치며 빙긋 웃었다.

"과도한 걱정이야. 상대가 방심을 유도하는 건지, 진짜 싸울 마음이 없는 건지는 오래 살다 보면 알게 돼 있어. 저건 이제 괜찮아."

대현자의 말을 뒷받침하듯 검은 낮게 신음할 뿐 꿈쩍도 하지 않았다.

안나는 그 검을 잡고 바닥에서 뽑았다.

동시에 방전 현상이 시작됐다.

칼날에서 용솟음친 푸르스름한 번개가 안나를 뒤덮고 사방에 흘렀다.

“““안나?!”””

로라, 샬롯, 에밀리아는 동시에 비명을 질렀다.

그러나 전류의 크기는 곧 작아지고, 칼날 주위에서 작게 빛날 뿐이었다.

신기하게도 그런 전류에 노출되고도 안나는 아무렇지 않은 얼굴로 서 있었다.

“전혀 아무 느낌도 없었어. 그보다 이 번개…… 내 의지로 움직여.”

안나는 검을 높이 쳐들고 칼끝을 반짝여 보였다.

“말도 안 돼요! 공격 마법 훈련을 하지 않은 안나가 다룰 수 있을 만큼 전류 공격은 간단한 게 아니에요!”

샬롯은 의심스럽게 말하며 안나에게 다가갔다.

그 순간, 검에서 가느다란 번개가 뻗어 나와 샬롯을 덮쳤다.

“꺄아아아앗! 저, 저려요오오오!”

“이제 믿겠어?”

“믿어요…… 그리고 어깨 결림이 나은 것 같아요…….”

샬롯은 어깨를 문지르면서 살짝 황홀한 목소리로 말했다.

“어깨 결림이 나아? 그건 나도 궁금한데…….”

에밀리아가 불쑥 중얼거린 순간, 전류가 덮쳤다.

"꺄아아아앗…… 정말! 한결 편해진 것 같아!"

어깨를 빙빙 돌리며 기뻐하는 에밀리아를 보고, 로라는 부러워졌다.

"안나, 저한테도 전류를 쏴 주세요!"

"어려운 일은 아니지만…… 로라, 어깨 뭉쳤어?"

"아뇨, 딱히……."

"그럼 관두는 게 좋아. 저리기만 하고 도움이 되진 않을 거야."

"그런가요…… 어떻게 하면 어깨가 뭉치는 걸까요?"

로라는 샬롯과 에밀리아를 관찰했다.

그리고 자신과 그녀들의 차이를 발견했다.

가슴이다.

저쪽은 큰 가슴이 있고, 이쪽은 없다.

"흥!"

"로라, 갑자기 왜 삐친 거예요?"

샬롯이 물었지만 설명하는 것도 화가 나서 뺨을 부풀리는 것으로 끝냈다.

그랬더니 대현자가 「저런♪」 하면서 머리를 쓰다듬어 줬다.

하지만 대현자도 가슴이 커서 로라의 적이다.

그렇게 로라가 못마땅한 표정을 짓고 있자, 안나의 검에서 부우우웅 하는 저음이 다시 울려 퍼졌다.

"아, 굉장해. 검이 하는 말이 또렷이 들려."

안나는 검을 응시하면서 말했다.

"정말이에요? 저는 전혀 들리지 않는데요…… 이번엔 뭐라고 했어요?"

"으음……『나는 긍지 높은 번개의 마법검. 어깨 결림을 치료하기 위해 있는 것이 아니야』라고 화냈어."

"와아아…… 상당히 사람 같은 말을 하네요. 그래서, 마법검 씨는 왜 공격했던 거예요?"

"자신의 주인으로 어울리는 검사가 나타나기를 여기서 계속 기다렸던 것 같아."

"세상에! 몇 천 년씩이나요?!"

로라는 깜짝 놀라 펄쩍 뛰었다.

틀림없이 따분한 날들이었으리라.

로라라면 사흘 만에 싫증이 났을 것이다.

오믈렛 금단 현상으로 미쳐 날뛰었을 것이 틀림없다.

"저기, 안나. 검의 목소리, 우리도 듣게 할 수 있어?"

대현자는 턱에 손을 붙이고 진지한 얼굴로 물었다.

그 물음에 답하듯 부우우웅 하고 검이 울었다.

"……주인이 아닌 다른 사람이랑 대화하는 건 피곤해서 싫대.

짧은 단어를 전달하는 게 고작이라서 대화가 안 된대."

"어머, 그래? 그럼, 안나가 통역 좀 해 줘. 단도직입적으로 물을게. 이곳, 부유 보물고는 무슨 목적으로 만들어졌어? 지하 몇 층까지 있어?"

"……모른대. 번개의 마법검은 정신이 들고 보니 이 방에 있었다나 봐. 하지만 자신의 힘과, 그 힘에 어울리는 주인이 나타나기를 기다리는 게 자신의 사명이라는 건 처음부터 알고 있었대."

"그래…… 고대인은 검한테 의지는 부여했어도 지식까지는 부여하지 못한 거네."

그 후로 대현자의 질문 공세가 이어졌다.

고대 문명인들도 지금의 인류와 같은 모습이었는지, 어느 정도의 마력을 갖고 있었는지, 언제 생긴 문명인지, 왜 멸망했는지를 물어보았으나 돌아오는 대답은 없었다.

"의지를 가진 검이라는 것만 해도 대발견이지만…… 좀 더 정보를 얻고 싶었는데."

"학장님. 욕심이 지나치신 거 아니에요?"

"그렇긴 하지만."

에밀리아의 말에 동의하면서도 대현자는 어깨를 푹 떨구었다.

그 반응에 기분이 상했는지 검이 부웅부웅 하고 소리를 냈다.

"무식해서 미안하대."

"아, 미안. 딱히 네 잘못이 아냐. 내가 멋대로 실망한 것뿐이야……"

대현자는 두 손을 모으고 마법검에게 사과했다.

"로라, 학장님이 검한테 굽신거리고 있어요…… 무척 비현실적인 광경이에요."

"그러게요…… 오랫동안 쓴 검에는 애착이 생겨서 말을 걸 때도 있겠지만…… 처음 본 검과 대화를 해서 야단맞다니, 역시 학장님은 보통 사람이 아니에요."

"거기, 너희. 험담할 거면 좀 더 조용히 해!"

""꺄앗. 죄송해요.""

드물게 대현자가 불쾌해했기에 로라와 샬롯은 겁을 먹고 에밀리아의 등 뒤로 숨었다.

"날 방패 삼지 마……. 그래서, 안나. 그 검, 갖고 갈 거야?"

"이 검은 날 마스터라고 불렀어. 내가 써 주길 바라는 것 같아. 그러니까 갖고 갈래."

"……학장님. 괜찮을까요? 고대 문명의 잘 알려지지 않은 마법검을 학생한테 줘도……."

"어머, 에밀리아. 안나는 자기 힘으로 마법검의 믿음을 얻었어. 던전의 보물은 처음 손에 넣은 사람 거라는 원칙이 있잖아? 설령 사제지간이라고 해도, 안나의 보물을 빼앗을 권리는 없어."

“그렇긴 하지만…… 만에 하나 마법검이 왕도에서 폭주라도 하면, 학장님이 책임지고 막아 주시는 건가 해서요.”

“그래, 그래. 나한테 맡겨~.”

“……학장님이 그렇게 말씀하신다면 됐어요.”

책임 소재를 분명히 한 에밀리아는 안도의 한숨을 내쉬었다.

두 어른이 그런 까다로운 대화를 나누는 옆에서, 안나는 새 파트너가 된 마법검을 손에 쥐고 휘둘렀다가 전류를 쏘았다가 하며 이것저것 시험했다.

로라와 샬롯은 그 모습을 지그시 응시했다.

솔직히 엄청 재미있어 보인다.

“아, 안나…… 그 검…… 저도 좀 만지게 해 주세요.”

“저도 해 보고 싶어요!”

“……두 사람은 이 검이 없어도 전기를 만들 수 있잖아?”

“그건 그거고, 이건 이거예요!”

“마차보다 빨리 이동할 수 있어도, 마차 여행은 마차 여행만의 멋이 있는 것과 같아요!”

“……알 것 같기도 하고 모를 것 같기도 하고…… 그래도 마법검이 싫어하니까 안 돼.”

“아아?! 어째서요? 조금 정도는 괜찮잖아요—.”

“……검이 『마스터가 아닌 사람이 만지는 건 싫어. 나는 일편단심 검이야』래."

"고집쟁이 마법검이네요……."

일편단심이니 고집쟁이니, 아무리 생각해도 검을 표현할 말이 아니다.

그러나 의지를 가진 이상, 성격도 있었다.

검에게 성격이 없다는 생각은 편견이었다.

오늘 하루 만에 검에 대한 생각이 상당히 달라져 버린 로라였다.

제7장 이것이 바로 고대 문명의 신비예요?

"이 근처에, 마법검이 한 자루 더 있는 모양이야."

안나의 그 한마디에 다음 행선지가 정해졌다.

일 층에서는 대현자가 안내를 맡았지만, 이번에는 안나가 앞장서서 모두를 이끌었다.

그렇지만 실제로 길 안내를 하는 것은 벼락의 마법검이고, 안나는 시키는 대로 걷는 것뿐이었다.

조금 전에 로라가 하쿠 점을 실패한 십자로를 곧장 나아가, 벼락의 마법검이 있었던 곳과 비슷한 방에 도착했다.

그곳에도 대좌가 있고, 그곳에 검이 꽂혀 있었다.

"이 위압감…… 틀림없이 마법검이에요! 자, 안나. 뽑아서 염원하던 이도류가 되는 거예요!"

로라는 부담 없이 부추겼다.

그렇지만 안나의 안전을 가볍게 생각한 것은 아니다.

부담이 없는 데에는 이유가 있었다.

어쨌든 조금 전의 전투는 『고대 문명의 마법검』과 『평범한 쇠 대검』이라는 불공평한 것이었다.

그런 불공평한 싸움에서 살아남은 안나가 이번에는 마법검으로 싸우는 것이다.

쉽게 이길 것이 분명했다.

적어도 숯검댕이 될 정도로 고전은 하지 않을 것이다.

"잠깐. 벼락의 마법검이 뭐라고 말하고 있어."

안나는 방 입구에 멈춰 서서, 부우우웅 하는 소리에 귀를 기울였다.

다음 순간, 안나가 인상을 찌푸렸다.

"왜 그래요? 안나? 저 마법검이, 벼락의 마법검보다 위험한 거예요?"

심상치 않은 낌새를 눈치채고, 로라는 경계심을 강화했다.

"아니…… 그게 아니라…… 그, 뭐랄까…… 통역하면 돼?"

"당연하죠! 우리는 검이 무슨 말을 하는지 모르니까요."

"안나, 부탁해. 고대 문명의 유산이 하는 말은 정말 궁금하거든."

대현자는 간청하듯 말했다.

그러자 안나는 마지못해 검의 말을 옮기기 시작했다.

"오랜만이야, 바람의 검. 봐, 나는 마침내 마스터를 찾았어. 이 빨간 머리 소녀는 어리지만 뛰어난 검사야. 게다가 아직 성장할 여지가 있어. 너도 같이 가자. 다음 기회는 몇 천 년 후가 될지 몰라. 아니면 아직 그걸 마음에 담아둔 거야? 그건 네 오해야. 나는 바람 따위 피우지 않았어!"

"……바람?"

고대 문명의 유산이 한 대사치고는 저속한 단어다.

대현자는 의아한 얼굴로 고개를 갸웃했다.

물론, 로라 일행도 당혹감을 감추지 못했다.

잘못 들은 걸까 하고 착각했을 정도다.

그때, 대좌에 꽂힌 검이 부우우웅 하고 낮은 소리를 냈다.

어쩐지 화를 내는 듯한 울림이었다.

"마, 말도 안 되는 소리! 그런 일이 있으려고! 나는 처음 너와 그 십자로에서 만난 순간부터 일편단심 너야! 다른 무기에게 딴 마음을 품은 적 따위…… 그 녀석하고는 그냥 대화를 나눈 것뿐이잖아!"

부우우우우웅!

"큭. 네가 이렇게 꽉 막힌 줄 알았다면 결혼 따위 안 했어!"

안나는 얼굴까지 빨개지면서 열연을 했다.

통역하라고는 했지만 딱히 그렇게까지 할 필요는 없는데.

하다 보니 감정 이입이 돼 버린 걸까.

"아무리 그래도 결혼이라니…… 요즘 마법검은 진보했네요……"

"로라, 요즘이 아니에요. 몇 천 년도 더 된 고대 검이에요."

"우우…… 하물며 검도 결혼을 했는데…… 왜 난……."

"삐이."

“어머. 하쿠가 에밀리아를 위로해 주네. 착해라.”

“나…… 신수 눈에도 불쌍한 거야……?”

“아아, 하쿠. 오히려 에밀리아 선생님이 낙담하고 있어요. 자, 제 머리로 돌아오세요!”

“삐이?”

에밀리아가 본격적으로 울음을 터뜨리려는 그때, 마법검 쪽도 파국을 맞이하고 있었다.

“아, 아냐! 방금 그 말은 그냥…… 누구도 널 싫다고는…… 아아, 기다려!”

안나가 외치는 것과 동시에 두 번째 마법검은 대좌에서 붕 떠올라, 돌풍을 일으키며 방을 나갔다.

완전히 치정 싸움이다.

고대 문명의 신비는 조금도 느껴지지 않았다.

아니다. 마법검이 연애 사건을 이야기하는 것이야말로 신비라고 할 수 있을지도 모른다.

“……헉! 황당해서 멍해 있었는데 귀중한 마법검이 도망쳤잖아! 쫓아가야 해!”

대현자는 외치며 차원 창고에서 카펫을 꺼냈다.

그 목소리에 로라 일행도 사태를 파악했다.

이것은 연애 사건이 아니라, 고대 문명의 유산을 둘러싼 모험이다.

멍해 있을 때가 아니다.

다 같이 카펫에 뛰어올라, 두 번째 마법검을 뒤쫓았다.

늦지 않게 쫓아간 덕에 가까스로 상대의 모습을 포착하는 데 성공했다.

"저건…… 밖으로 향하고 있나 봐요!"

"마법검의 가출이에요."

"이건 보고서로 써서 길드에 제출해도 믿어 주지 않겠어……."

"그때는 나랑 에밀리아 이름으로 개인 출판 하자~."

카펫은 통로를 나아가 일 층으로 올라갔다. 그리고 어제 왔던 길을 좌우로 날아다녔다.

그 와중에 벼락의 마법검은 부우우웅 하고 계속 신음했다.

"이 마법검…… 부인한테 버림받고 울고 있어."

"어쩜…… 너무 비참해요……. 그나저나, 싸움의 원인이 뭐예요? 바람이 어쩌고 했었는데……."

"바람은 나빠요!"

"바람은 오해 같아. 하지만 부인이…… 바람의 마법검이 믿어 주지 않는 것 같아. 학장님, 어떻게든 쫓아가. 이대로 버림받으면 벼락의 마법검이 불쌍해."

"알아. 모퉁이가 많아서 모습은 보이지 않지만 제대로 확인했으니까. 그나저나 안나. 완전히 그 검에 감정 이입했구나."

“……말뿐만이 아니라, 감정도 전해져. 부인을 사랑하는 검이야.”

안나가 그렇게 말하자, 에밀리아가 깊디깊은 한숨을 토했다.

“나도 그런 애처가랑 결혼하고 싶어…….”

로라는 연애에 대해서는 잘 모르지만, 『검을 질투하는 것은 이미 말기다』라는 것은 누가 말해 주지 않아도 알 수 있었다.

※

바람의 마법검은 수중 동굴을 지나 상층부로 뛰쳐나가 결계를 넘어 날았다.

“넓은 곳에 나왔으니 독 안에 든 쥐야. 바로 잡아 줄게!”

대현자는 위세 좋게 외치고는 바람의 마법검을 뒤쫓았다.

거리가 단숨에 좁혀지고, 이제 곧이라는 순간에 대기가 크게 일렁였다.

바람의 검에서 흰 안개가 퍼지고, 굉음이 울려 퍼졌다.

수업 시간에 배운 적이 있었다.

이것은 물체가 소리의 속도를 뛰어넘었을 때 발생하는 충격파다.

로라도 뛰어다닐 때 자주 발생시켰다. 학교 안을 뛰어다니다가 충격파로 유리창을 깨서 잔뜩 야단맞은 적도 있다. 충격파는 그 정도의 에너지를 품고 있었다.

“과연 바람의 마법검으로 불릴 만하네……. 다들 날 꽉 붙잡아. 좀 서두를게.”

로라 일행은 황급히 대현자의 어깨와 팔에 매달렸다.

다음 순간, 내장이 뒤집힐 듯한 속도가 카펫을 덮쳤다.

제아무리 고대 문명의 마법검이라 해도 대현자의 비행 마법은 따돌릴 수 없다.

따라잡는 것은 시간문제다.

그렇게 생각했더니, 바람의 마법검은 진로를 바꿔 고도를 단숨에 낮췄다.

“그 정도로는 못 도망쳐!”

대현자는 카펫을 빙글 돌려, 마찬가지로 고도를 낮추기 시작했다.

그리고 로라는 카펫이 향하는 곳을 보고, 「꺄아앗!」 하고 비명을 지르고 말았다.

“저건 밀레베룬 마을이잖아요!”

아름다운 호숫가 마을.

이렇다 할 특징은 없지만 로라에게는 큰 의미를 가진 장소다.

어쨌든 태어난 고향이자, 소중한 부모님이 사는 마을이기 때문이다.

“위험해! 검이 먼저 마을에 내려가 버렸어…….”

대현자는 분한 듯이 중얼거렸다.

그러나 이것은 어쩔 수 없는 일이었다.

사람을 태운 이상, 거기에 맞춰 속도를 내야 했다.

무엇보다, 충격파로 지상을 파괴할 우려마저 있다.

단순히 저 검을 멈추게 하는 것이 목적이라면 차원 창고에 가두는 방법도 있지만, 이번에는 불륜의 오해를 풀기 위해 대화하는 것이 먼저였다.

가뒀다가는 괜히 일이 복잡해질지도 모른다.

그러나 밀레베룬을 끌어들이는 거라면 차원 창고에 가뒀어야 하지만, 이미 엎질러진 물이었다.

바람의 마법검이 무슨 일을 저지르기 전에 막는 수밖에 없었다.

"……검이 떨어진 곳, 로라의 집 앞 아니에요?"

"그, 그런 것 같아요! 아버지, 어머니, 괜찮은 걸까요……."

"오히려 로라의 집 앞이라면 안심이야. 분명 스승님이 어떻게든 해 주실 거야."

안나가 말하는 스승은 로라의 아버지다.

확실히 로라의 부모님은 둘 다 A랭크 모험가였다.

교과서에 실릴 정도의 실력을 갖추고 있었다.

그런 두 사람이라면 고대 마법검 하나쯤은 막아 줄 거라 믿고 싶다…… 아니, 안나가 막을 수 있었으니 걱정 없다.

그러나 그런 로라의 믿음을 배반하는 듯한 상황이 일어나고 있었다.

“아아, 여보. 어떻게 된 거야?! 언제부터 회오리 같은 걸 일으킬 수 있게 된 거야!”

집 앞에서, 로라의 어머니 도라가 비명을 지르고 있었다.

“부우우웅!”

브루노는 입에서 저음을 뿜어내며 회오리를 더욱 크게 만들었다.

명백히 바람 계통의 공격 마법이다.

그러나 브루노는 마법을 경멸하는 사람이었다.

무의식중에 익힌 강화 마법 외에는 전혀 쓸 수 있는 마법이 없었다.

그럼에도 불구하고 훌륭한 공격 마법을 펼치고 있었다.

이것은 아무리 생각해도 바람의 마법검에게 몸을 점령당한 것이다.

“뜨아아—.”

생각지도 못한 사태에 로라는 그만 괴성을 질렀다.

그것을 들은 도라가 카펫 일행의 존재를 눈치챘다.

“어머, 어머어머? 로라에…… 모두들…… 학장님까지?! 어머, 이를 어째. 갑자기 와서 집이 엉망인데…… 아아, 그것보다 남편이!”

“진정하세요, 엄마! 아버지는 저 검한테 조종당하는 거예요!”

“검한테 조종당한다고?!”

“네. 저기, 저건 고대 문명의 마법검인데, 이러하고 저러해서 의지를 가진 검이에요!”

“그거 큰일이네!”

“도라 씨. 지금 설명을 이해한 거예요?!”

“아니. 뭐가 이러하고 저러한지는 몰라도, 남편과 검을 떨어뜨려 놓으면 된다는 건 알았어!”

“이 상황에 그만큼이나 알다니 대단해.”

안나는 감탄해서 외쳤다. 그리고 카펫에서 제일 먼저 뛰어내려, 벼락의 마법검을 들고 브루노에게 다가갔다.

“안나?! 모처럼 학장님이 계시니, 문제 해결은 맡기는 게 좋을 것 같은데…….”

도라는 모험가 학교의 졸업생인 만큼, 대현자의 만능성을 알았다.

게다가 전해들은 바로는 도라와 브루노는 파자마레인저들보다 문제아였던 모양이다.

그렇다면 대현자가 구해준 적도 많을 것이다.

그러나 이번만큼은 대현자가 나서서는 안 된다.

안나와 벼락의 마법검 둘이서 해결해야 할 문제다.

“도라, 오랜만이야~. 이번에 난 구경 모드야. 걱정하지 않아도 지금 안나는 강하니까 너도 잠자코 구경해~.”

“하아…… 여전하시네요, 학장님…… 생각해 보니, 문제를 해결

하는 것만큼이나 문제를 일으키길 좋아하는 분이셨죠…… 하지만 학장님이 괜찮다고 하시니 괜찮다고 믿을게요. 그러니…… 안나, 이겨라! 안나, 이겨라!"

남편이 고대 문명의 수상한 검에게 점령당했는데도, 도라는 씩씩한 응원을 보냈다.

우리 엄마지만 정말 스위치 전환이 빨라 하고 로라는 감탄했다.

※

안나 아네트는 브루노에게 다가가면서 자신의 반생을 떠올렸다.

강해지고 싶다고, 줄곧 생각해 왔다—.

스스로를 지킬 수 있는 힘을 원했다. 모두를 지킬 수 있는 힘을 원했다.

의식주를 걱정하지 않아도 되는 돈을 원했다. 가족이 어려울 때 도와 줄 수 있을 정도의 돈을 원했다.

멀리까지 가고 싶었다. 모르는 것을 알고 싶었다.

검을 가르쳐 준 고아원 선배처럼 되고 싶었다.

그러니 강해져서 모험가가 되기로 했다.

그런 단순하고도 흔들림 없는 각오로 안나는 모험가 학교에 입학했다.

그렇다면, 지고 싶지 않다고 생각하게 된 것은 언제부터일까?

안나의 인생에서 타인과의 경쟁을 의식하기 시작한 것은 정말 최근의 일이었다.

그런 것을 깊이 생각해 본 적도 없어서, 변해 가는 자신의 마음에 당황하기까지 했다.

언제라고는 단언할 수 없다. 아마도 방과 후 로라와 특훈을 하면서 그런 마음이 싹트기 시작해…… 결정타가 된 것은 교내 토너먼트였을 것이다.

준결승에서 샬롯에게 진 후, 그 결승전을 보게 됐다.

로라와 샬롯은 틀림없이 소중한 친구다.

가족인 고아원 사람들과는 다른, 밖에서 만든 소중한 인연이다.

함께 있으면 즐겁고, 계속 함께 있고 싶다고 생각했다—.

아아, 하지만 그 결승전의 두 사람은 자신과는 격이 달랐다. 저만치 앞서 가버렸다.

어떻게 하면 가까워질 수 있을지조차 알 수 없었다.

졸업하면 같이 모험을 떠나자. 그렇게 그녀들은 말해 줬다.

하지만 힘들 것이다.

함께 있으면 즐거우니까, 라는 말이 통하는 것은 학창 시절뿐이다.

자신이 짐이 될 것은 뻔했다.

로라와 샬롯이라면 안나를 짊어지고 가 줄지도 모르지만…… 그런 비참한 경험은 하고 싶지 않았다.

자신의 두 발로 서고 싶었다.

친구이기에 더욱 어깨를 나란히 하고 싶었다.

등을 볼 수조차 없는 것은 죽어도 싫었다.

강해지고 싶었다.

지고 싶지 않았다.

그래서 끊임없이 노력해 왔다.

벽에 부딪히면 방법을 바꿨다.

무기도 손에 넣었다.

"스승님도 뛰어넘겠어—."

안나는 똑바로 선언했다.

그러자 브루노가 이쪽을 돌아봤다.

그러나 그 눈동자는 탁했다.

분명 그의 의지는 사라진 것이리라.

"부우우우웅!"

브루노의 입에서 저음이 울렸다.

거기에, 벼락의 마법검도 부우우웅 하고 답했다.

—뭐야. 여기까지 쫓아오고…… 지긋지긋하다고!

—일단 내 말 좀 들어.

—싫어. 난 이 사람 몸을 빼앗았어. 실컷 날뛰어 줄게!

—그러지 마! 날뛰고 싶으면 나한테 풀어!

—그래? 배짱 한번 좋네!

안나는 그 말을 듣고, 가득 차올랐던 전의가 조금 느슨해졌다.

그러나 반대로 말하면 어깨의 힘이 딱 좋은 상태로 풀렸다.

최상의 컨디션.

따라서 망설임 없이, 내디딜 수 있었다.

"부우우웅!"

브루노에게서 바람이 일었다.

그 바람을 타고, 그는 날았다.

뛰는 것이 아니라, 날았다.

단숨에 상승해, 콩알처럼 보이는 높이에서, 이번에는 곧장 하강했다.

안나를 노리고 브루노와 검이 떨어졌다.

—마스터. 물리쳐. 나는 **밑에서 위**로도 번개를 쏠 수 있어.

검의 목소리가 전해져 왔다.
그 말을 믿고, 안나는 번개를 발생시켰다.
자연계에서 일어나는 낙뢰와는 정반대의, 말하자면 등뢰(登雷)다.
그러나 번개는 브루노에게 닿기 직전에 진로를 바꿔 엉뚱한 방향으로 날아갔다.
어째서일까.
안나의 제어가 허술했을까.
그러나 실수한 느낌은 없었다.

—마스터의 실수가 아냐. 저건 바람으로 공기 중의 먼지와 티끌을 모아서 전기가 통하는 길을 만든 거야. 후후. 녀석. 의외로 제법인데…….

흠.
잘은 몰라도 이것만은 알았다.
바람의 마법검이 있으면 하늘을 날 수 있고, 전기 공격도 막을 수 있는 것이다.

"하지만, 검 대 검 승부라면, 그런 건 상관없어—."

—그거야. 요컨대, 쓰는 사람의 기량에 달렸어!

바람의 마법검이 안나의 정수리를 내리쳤다.

거기에 벼락의 마법검을 번쩍 쳐들었다.

상대는 낙하 속도와 바람의 가속, 브루노의 근력을 합친 일격이다.

명백히 안나가 불리했다. 그럼에도 밀리는 일은 없었다.

칼날과 칼날이 충돌했을 때, 안나는 전류를 흘려 넣었다.

전기가 통하는 길로 빗나가는 일 따위 없었다.

밀착한 상태에서 직접 흘려 넣었으므로.

바람의 마법검에, 그리고 브루노의 몸에 거대한 전류가 밀어닥쳤다.

숙주를 통구이로 만드는 것은 곤란한지, 바람의 마법검은 브루노를 멀찍이 후퇴시키고 일단 땅에 발을 붙였다.

지금 이 짧은 공방으로 안나는 두 가지 사실을 깨달았다.

우선 바람의 마법검은 강하다—.

단순히 빠른 속도로 날 수 있을 뿐만 아니라, 방어에도 응용이 가능하며 가벼운 상대라면 돌풍으로 날려 버리는 일조차 가능하다. 이미 검으로 붙을 것도 없이 결말이 나고 만다.

그러나 바람의 마법검은 약하다—.

브루노의 몸을 쓰고 있으면서도 그의 뛰어난 검기를 전혀 발휘하지 못한다. 상공에서 날아온 참격을 간단히 막을 수 있었던 것이 그 증거다. 가령, 브루노에게 의식이 있는 상태에서 진심으로 공격해 왔다면, 지금쯤 안나는 목이 날아갔을 것이다.

"아무리 검이 강해도 그걸 쓰는 사람이 약하면 소용없어."

벼락의 마법검은 그 자체가 뛰어난 검사였다.

바람의 마법검은, 아니다. 힘과 성능에 의지하고 있었다.

그렇다면 두려워할 이유 따위 전혀 없었다.

지체 없이 단숨에 거리를 좁혔다.

그것만으로 브루노의 몸이 긴장하는 것이 느껴졌다.

물리치는 것이든, 도망치는 것이든, 판단이 너무 늦었다.

남겨진 시간에 바람의 검이 취한 선택은 돌풍으로 안나를 날리는 것이었다.

그러나 예상한 선택지 중 하나다.

그러므로 안나는 망설임 없이 옆으로 날아 바람을 피했다.

그리고 지체 없이 다시 앞으로. 단숨에 다가갔다.

브루노의 몸이 검을 내리쳤다.

안나는 몸을 낮춰 그것을 피한 다음, 스치듯이 브루노의 등 뒤로 파고들었다.

"큭!"

검에 눈이 있는지 없는지는 몰라도, 어디에 눈이 있든 브루노의 몸이 차단물이 된다.

바람의 마법검에게는 안나가 갑자기 사라진 것처럼 보였을 것이다.

숙련된 검사라면 뒤를 뚫렸어도 즉시 도망치든, 움직임을 먼저 읽고 참격을 날리는 정도는 한다.

유감스럽게도, 바람의 마법검은 놀라서 굳을 뿐이었다.

안나는 브루노의 무릎을 뒤에서 찼다.

자세가 무너졌다. 그러나 브루노의 몸은 쓰러지는 일 없이, 바람의 힘에 의해 떠올랐다.

그대로 한 바퀴 돌아, 검이 풍차처럼 안나를 향해 쇄도했다.

"검을 잡은 게 어설퍼. 자세도 불안정해. 그런 건 나한테 닿지 않아."

안나는 바람의 마법검을 너무나도 간단히 쳐서 떨어뜨리고, 칼끝을 땅에 꽂았다.

검을 놓친 브루노는 그대로 털썩 쓰러졌다. 다시 일어날 때는, 원래의 그로 돌아와 있을 것이다.

그리고 안나는 바람의 마법검을 붙잡았다.

긴 추격전이 되고 말았지만 이걸로 끝이다.

자, 나머지는 벼락의 마법검이 오해를 풀 수 있느냐에 달렸다.

"부우우우웅!"

"부우우우웅!"

두 개의 마법검이 동시에 낮게 울었다.

—이제 겨우 제대로 대화할 수 있겠네.

—난 할 말 같은 거 없어. 이 바람둥이!

—그건 오해라니까!

—거짓말! 난 봤어. 당신이 그 십자로에서 『불꽃의 마법도끼』와 격렬히 몸을 부딪치고 있는 걸…….

—바보야! 무기끼리 부딪치는 건 당연하잖아! 나하고 그 녀석은 서로 붙었던 것뿐이야. 너야말로 뭐야! 성능에만 의지하니까 이런 꼴사나운 패배를 하는 거야……. 부끄러운 줄 알아!

—시, 시끄러워! 그런 거 믿을 수 없어…… 우린 무기야. 어째서 싸우는 법을 배워야 하는데!

—흥, 어리석긴. 자기가 싸우는 법도 모르면서 어떻게 자기 성능을 마스터한테 전해. 우리가 무얼 위해 의지를 갖고 태어났는지 생각해 본 적 없어?

—뭐?

—그래. 우린 마스터와 함께 서로를 향상시켜 나갈 수 있어. 그건 번개나 바람 같은 속성과 마찬가지로 소중한 거야.

—그럼…… 당신은 정말 바람을 피운 게…….

두 개의 마법검이 나누는 대화가 머릿속에 흘러들어 왔다.

점점 달콤한 내용으로 변해 가서 안나는 낯이 뜨거워졌다.

그런 안나를, 로라 일동이 에워싸고 지켜봤다.

"안나, 안나. 아까부터 검이 붕붕 소리를 내는데 무슨 대화를 하는 거예요?"

"통역해 주세요!"

"그게…… 요점만 말하면, 화해한 것 같아."

"와. 그거 다행이네요!"

"사랑의 승리예요!"

로라와 샬롯은 태평한 미소를 지었다.

그러나 두 개의 마법검은 화해를 넘어서 농밀한 사랑을 속삭이고 있었다.

도저히까지는 아니더라도 웃는 얼굴로는 듣고 있을 수 없었다.

이것은 자신의 교육에 나쁘다고 판단한 안나는 두 검을 모두 땅에 꽂고 손을 뗐다.

덕분에 부부의 닭살 돋는 대화에서 벗어났다.

일단 안심이다.

마법검 부부는 멋대로 둥실둥실 떠올라, 공중에는 탁탁 하고 칼날을 부딪쳤다.

이제 목소리는 들리지 않지만…… 아마도, 키스일 것이다.

그것을 본 에밀리아는 무척 못마땅한 표정으로 입술을 삐죽거렸다.

"왜지…… 굉장히 화가 나는데. 마치 길에서 행복한 커플을 마주쳤을 때랑 비슷한 분노가 느껴져."

그야말로 행복한 커플이기에 에밀리아의 분노는 착각이 아니다.

그렇지만 타인을 행복에 분노를 느끼는 것은 바람직하지 않다. 단순한 질투다.

"에밀리아 선생님도 빨리 좋은 사람을 만나셨으면 좋겠어요."

"치…… 다들 그런 말만 하고, 정작 좋은 사람은 소개시켜주지 않는다니까……."

"저한테 그런 말씀을 하셔도……."

로라는 난처한 표정을 지었다.

아홉 살 소녀에게 「좋은 사람 소개시켜줘」라고 다그치는 스물세 살이라니 난감한 사람이다.

"선생님……? 당신은 모험가 학교 교사야?"

도라가 에밀리아에게 말을 걸었다.

"아, 인사가 늦었어요. 저는 마법학과 1학년 담임 에밀리아 아클랜드예요. 그러니까, 도라 에드몬즈 씨세요?"

"네. 로라 엄마 도라예요. 딸이 신세가 많아요. 그나저나 로라 담임 선생님이 이런 미인 분일 줄은 몰랐어. 아, 혹시 스무 살에 드래곤을 무찔렀다는 그 에밀리아 씨?"

"네, 일단은요……."

"어머나! 유명인이잖아! 나중에 사인 받아야겠어!"

"제 사인이라도 괜찮으시다면…… 그나저나 도라 씨가 절 아신다니 영광이에요. 저도 사인 받아도 될까요?"

"물론이야!"

뜻하지 않게 에밀리아와 도라가 친해졌다.

로라의 입장에서는 예기치 못한 가정 방문이었다.

그러나 딱히 부끄러워하는 일 없이, 로라는 싱글벙글 즐거워했다.

"그나저나 브루노는 언제까지 자려는 건지. 이봐요 일어나요. 은사하고 딸하고 그 친구들하고 담임이 왔다고."

대현자는 땅에 뻗은 브루노를 손가락으로 콕콕 찔렀다.

그러자 브루노는 움찔하더니 「으음……」 하고 일어났다.

"……내가 왜 이런 곳에…… 아, 대현자! 그렇다면 네 짓이군!"

"사람 얼굴을 보자마자 대뜸 무례하네."

대현자는 브루노의 머리에 주먹을 먹였다.

안나는 존경하는 스승이 어린애 취급을 당하는 것을 보고 넋이 나갔다.

로라도 멍하니 그 모습을 바라봤다.

"아얏! 이제 난 네 학생이 아니야! 아이 취급 하지 마!"

"졸업했어도 다 내 학생이야. 나쁜 짓하면 벌줄 거야~. 검한테 몸을 빼앗기다니, 한심해!"

그렇게 말한 대현자는 다시 한 방을 먹였다.

"내가 뭘 했다고?!"

브루노는 몸을 빼앗겼던 기억이 전혀 없는 것 같았다.

어째서 자기가 모두에게 둘러싸여 있는지 모르는 얼굴이었다.

그러자 도라가 설명하기 시작했다.

"당신은 하늘에서 떨어진 검한테 몸을 점령당했었어! 그래서 날뛰면서 회오리를 일으켰어. 안나가 그걸 멈춰 줬고. 정식으로 고맙다고 인사해."

"……내가 몸을 점령당해? 그럴 리가. 내 정신력은 설령 상대가 일류 환혹 마법사라 해도 물리칠 수 있어. 절대로 조종 같은 건 안 당해!"

브루노의 말은 안나에게도 와닿았다.

일류 환혹 마법사의 실력이 어느 정도인지는 몰라도, 적어도 이 마법검은 그 정도로 빼앗는 힘이 강하다는 생각은 들지 않았다.

인간을 다짜고짜 점령할 수 있다면, 굳이 지상까지 내려올 필요 없이, 부유 보물고 안에서 누군가를 지배해 버리면 그만이다.

"그건 그거잖아. 당신은 풀이 죽으면 정신력이 일반인보다 못해지니까. 약해졌을 때의 당신은 어린애나 마찬가지야!"

도라의 말에 대현자가 깊이 수긍했다.

"알아. 평소에는 강하면서 한번 침울해지면 무릎을 껴안고 움츠러드니까. 뭐, 단순해서 금방 회복하지만."

"이, 이 사람들이, 사람을 단세포 취급하고…… 딸 앞이라고!"

브루노는 사랑하는 딸에게 자신의 한심한 모습이 알려지는 것이 싫은 모양이었다.

그러나 로라는 태연했다.

"아, 전 아버지가 잘 낙담하는 걸 아니까 괜찮아요."

"헉!"

부르노는 낙담했다.

더욱이 하늘에 있던 바람의 마법검이 내려와, 자루를 안나에게 붙이고, 「솔직히 점령에 성공할 줄을 몰랐어. 그렇게 정신적으로 무방비한 인간이 때마침 있다니 믿을 수 없었어」라고 말했다.

이것을 통역하면 브루노가 사흘은 몸져누울 것 같아서, 안나는 마음속에 간직하기로 했다.

"그런데 아저씨는 왜 그렇게 낙담하셨던 거예요? A랭크 모험가의 정신이 무방비해졌을 정도니 어지간히 큰일이 있었던 거죠?"

가만히 있으면 좋을 텐데, 샬롯은 진지한 얼굴로 물었다.

안나는 브루노를 검사로 존경하기에 한심한 이야기는 듣고 싶지 않았다.

그리고 도라의 입을 통해 상상했던 것보다 한심한 진상이 공개됐다.

※

도라가 말하기를.

브루노는 모험가 길드의 의뢰를 받고, 근처 이웃 마을까지 몬스터 사냥을 갔다.

그리고 돌아오는 길에 도라에게 상의도 없이 덜렁 새 검을 사 왔다.

그것도 이 주변의 몬스터에게는 과하다 싶을 정도로 비싼 검이었다.

"당장 반품하고 와! 원래 검으로 충분히 싸울 수 있잖아!"

"시, 싫어! 이 검이 나한테 사달라고 텔레파시를 보냈다고!"

"지금까지도 그렇게 말하면서 몇 개나 사 왔잖아! 창고가 검으로 가득 찼어!"

"예비 검이 있는 게 안심되잖아! 그리고, 조만간 로라한테 선물할 거야!"

"여보, 로라는 이제 마법사야. 물론 검도 쓰겠지만…… 그보다, 검사라도 그렇게 몇 자루씩 주는 건 민폐야."

"싫어! 로라한테 검을 줄 거야!"

브루노는 울부짖으면서 집을 뛰쳐나갔다.

그때, 하늘에서 검이 떨어져 땅에 박혔다.

그리고 검을 손에 쥔 브루노는—.

※

"……그렇게 된 거야."

"아버지……."

"스승님……."

"죄송해요…… 제가 괜한 질문을 하는 바람에……."

도라의 말을 다 들은 안나 일동은 어떻게 반응해야 할지 몰라

쩔쩔맸다.

브루노 본인은 마음을 닫고 무릎을 껴안은 채 움츠러들었다.

"당신도 참. 정신 차려! 정말 손이 많이 가는 사람이라니까. 뭐, 내일이면 괜찮아지겠지. 그것보다, 모처럼 왔으니 차라도 마시고 가. 그 검에 대해서도 자세히 듣고 싶고."

"엄마, 오믈렛도 만들어 주세요!"

"네, 네. 알았어요. 선생님들도 제 오믈렛 드실래요? 나름 자신 있는 요리예요!"

"후후. 그러고 보니, 도라의 오믈렛은 로라가 오믈렛 중독이 된 원인이지. 어떤 오믈렛인지 궁금해. 그럼 사양 않고 먹어 볼까."

"그, 그럼 저도 먹을게요……."

이리하여 교사 두 명도 섞여 깜짝 오믈렛 파티가 시작됐다.

대현자와 에밀리아는 이 오믈렛을 매일 먹었으면 중독도 되겠지라고 납득했다.

두 마법검은 파티가 열리는 동안 집 안을 둥실둥실 떠다녔다.

하쿠도 그 틈에 섞여 파닥파닥 날았다.

마법검과 신수라는 기묘한 조합이지만, 죽이 맞는 모양이다.

브루노는 계속 바깥에 방치된 채였다.

에필로그

부유 보물고는 로라 일행이 탈출하고 사흘 후에 소멸했다.

에밀리아 외에도 학교 교사들 몇 명이 조사를 하러 갔지만, 휴교일이 끝나는 날에 맞춰 돌아왔기에 행방불명된 사람은 없었다.

실력에 자신이 있는 학생들도 몇 명인가 도전했던 모양이지만, 결계에 가로막혀 한 명도 도달조차 못 했다고 한다.

그러나 일반 모험가들 중에는 부유 보물고에서 귀환하지 않고 그대로 『가 버린』 자도 있다는 소문이 돌았다.

진위는 밝혀지지 않았지만 그런 자가 있어도 이상하지 않았다…… 아니, 오히려 당연하다.

무모함과 용기는 종이 한 장 차이이다.

아슬아슬하게 돌아온 자도, 선을 넘어 버린 자도, 그 차이는 결국 『운』일 뿐일지도 모른다. 로라와 대현자는 부유 보물고가 사라진 후, 시험 삼아 한 번 더 불러내려, 하늘을 향해

「와라, 와라」 하고 빌어 봤지만 잘되지 않았다.

대현자는 『이쪽 세계에 막 나오려던 부유 보물고에 로라와 대현자의 마력이 작용해서 왕궁 위에 나타난 게 아닐까?』라는 추측을

내놓았다.

다시 말해, 언제든지 원할 때 불러낼 수 있는 것은 아닌 모양이다.

이번에 진짜 부유 보물고에 남겨진 사람이 있는지는 몰라도, 혹시 있다면 그쪽에서 열심히 살아남아 다음 기회에 탈출했으면 하고 바랐다.

로라 일행은 깜짝 오믈렛 파티를 한 뒤, 왕궁으로 돌아와 마법검 두 자루를 손에 넣은 사실을 알렸다.

의지를 가진 검이라는 진귀한 존재를 직접 눈으로 본 여왕 폐하는 그것을 사고 싶다고 말해 왔다.

제시된 금액은 눈알이 튀어나가서 돌아오지 않을 정도의 것이었다.

그러나 안나는 조용히 고개를 저었다.

"이건 돈으로 살 수 있는 게 아냐."

여왕 폐하는 아쉬운 표정을 지었지만, 억지로 강요하지는 않았다.

"부유 보물고 조사가 진행된 것. 그 조사를 이 나라의 모험가가 한 것. 중요한 것은 그 두 가지니라. 보물은 찾은 사람한테 소유권이 있어."

에밀리아는 그『조사를 이 나라의 모험가가 한 것』을 보고하기 위해, 모험가 길드에 제출할 서류를 만들고 있었다.

물론 수업은 수업대로 빠질 수 없어서 방과 후에 작업했다.

상당히 힘들어 보였지만, 「이 보고서를 내면 『용을 죽인 자』뿐만 아니라, 지적인 평가도 얻을 수 있어!」라며 생각보다 적극적이었다.

대현자도 일단은 에밀리아를 돕기 위해 직원실을 어슬렁거리는 것 같지만, 서류 작업이 서툴러서 별로 도움은 안 되는 모양이었다.

그런 날들을 보내는 사이, 안나의 생일이 다가왔다.

저녁부터 언덕 위의 교회에 모여, 고아원 사람들과 함께 파티를 했다.

폭죽을 빵 터뜨렸다. 마법의 쌍검도 공중을 떠다니며 칼날과 칼날을 부딪쳐 캉 하고 소리를 울렸다.

커다란 생일 케이크에 초를 열네 개 꽂고, 그 불을 안나에게 끄게 했다.

"이렇게 큰 케이크…… 고마워. 근데 돈은 괜찮은 거야?"

그 케이크는 고아원에서 준비한 것이다.

그러나 이 고아원은 불과 얼마 전까지 빚투성이였다.

돈 걱정을 하는 것은 당연했다.

그러나 수녀 베라는 자신만만하게 가슴을 활짝 폈다.

"괜찮아! 이 고아원은 여왕 폐하의 지원을 받고 있으니까. 다시 말해, 왕립! 케이크를 살 정도의 여유는 있어. 앞으로는 누군가가 생일을 맞으면 케이크를 사서 파티를 할 거야."

"굉장하네. 나도 매번 참석해야겠어."

안나가 절실히 중얼거리자, 아이들이 포크를 들고 떠들기 시작했다.

"촛불 껐으니까 빨리 먹자~."

"먹자~."

"배고파."

아무리 여왕 폐하의 지원을 받게 됐다 해도, 그렇게 호화로운 생활을 할 리는 없었다.

이렇게 큰 케이크를 앞에 두고, 아이들이 자제심을 유지하는 것은 지극히 어려운 일이었다.

그보다, 고아원 생활이 아니더라도 대형 케이크는 쉽게 구경할 수 있는 음식이 아니다.

로라도 같이 떠들고 싶을 정도였다.

"삐이삐이!"

하쿠는 솔직하게 신이 나 떠들었다.

그러나 로라는 겨울이 되면 열 살이니, 언제까지고 아이일 수는 없었다. 그래서 꾹 참았다.

"네, 네. 조금만 기다려."

베라는 칼로 케이크를 잘라 나누었다.

참고로 신부님도 참석했다.

존재감이 없을 뿐이다.

"안나. 저랑 로라가 특별한 선물을 준비했어요!"

"응? 두 사람은 벼락과 바람의 마법검 구하는 걸 도와줬으니 선물 같은 건 괜찮은데……."

"아니에요. 사양하지 마세요. 이미 샀으니까요. 짠! 쌍검 집이에요!"

로라는 차원 창고에서 두 개의 칼집을 꺼냈다.

"마법검들이 뽑힌 상태로 돌아다니는 건 위험하니까요!"

"특히 바람의 마법검은 여성 인격이니까 알몸은 안 돼요~~."

에밀리아가 길드에 제출할 보고서를 위해 마법검의 치수를 잿었다.

로라와 샬롯은 그것을 몰래 훔쳐보고 대장간에 특별 주문을 해 칼집을 만들었다.

참고로 돈은…… 밤중에 몰래 기숙사를 빠져나가, 베헤모스의 뿔을 꺾어 마구 팔아서 만들었다.

길드에 팔러 갔을 때 「학교 학생은 C랭크 이상 몬스터하고 싸우면 안 되는 거 아니었어?」 하고 여성 접수원이 물었지만, 「그, 근처에 떨어져 있었어요!」 하고 훌륭하게 얼버무리는 데 성공했다.

—부우우웅.

—부우우웅.

쌍검이 낮게 울었다. 마음에 든 모양이다.

"고마워. 둘 다…… 잘 쓸게. 근데 한 가지 정정할게 있어. 여자는 바람만이 아니라 벼락도야."

안나는 쌍검을 칼집에 넣으면서 중얼거렸다.

그 말에 로라와 샬롯은 얼굴을 마주 봤다.

"……네? 바람이 부인이고 벼락이 남편이잖아요?!"

"맞아."

"이, 이상하잖아요?! 여, 여자끼리…… 무슨 뜻이에요?!"

"고대의 마법검 세계에서는 별로 이상한 일이 아닌 모양이야."

"그, 그렇군요……."

"저도 별로 이상하다고는 생각하지 않아요. 세상에는 그런 일이 있어도 된다고 생각해요!"

어째선지 샬롯은 무척 큰 목소리로 주장했다.

안나도 고개를 끄덕였다.

로라는 그런 걸까, 하고 납득했다.

그 후 케이크를 다 먹고, 아이들과 하쿠가 모두 잠들고 나서 안나가 드문 제안을 해 왔다.

"공중에서 밤 산책 어때?"

※

하늘을 산책한 적은 지금까지 여러 번 있었다.

대현자나 미사키가 동참하거나 하면서 구성원은 늘 바뀌었지만 로라, 샬롯, 안나 세 사람은 늘 함께였다.

그래서 오늘의 공중 산책도 흔한 일상의 한 토막이다.

하지만 평소와 다른 점이 두 가지 있었다.

하나는 해가 완전히 저문 밤이라는 것.

또 하나는 안나가 누군가를 잡지 않고 스스로 날고 있는 것이다.

"안나, 굉장해요! 이미 완벽히 바람을 제어하고 있어요!"

세 사람이 나란히 날면서 로라는 자기 일처럼 흥분해서 말했다.

그도 그럴 게, 마법의 쌍검을 손에 넣은 것은 불과 일주일 전이다.

안나는 그 짧은 기간 안에 하늘을 나는 법을 터득했다.

마법검이 일으키는 바람으로 하늘을 나는 감각은, 로라는 몰랐다.

그러나 자신의 마력으로 나는 것보다 오히려 귀찮을 것 같다고 생각했다.

"연습했으니까…… 그리고 이렇게 검을 손에 쥐면 의식이 연결돼. 검의 마력을, 마치 내 마력처럼 다룰 수 있어. 익숙해져야 하지만."

안나는 오른손에 바람의 마법검을, 왼손에 벼락의 마법검을 쥐고 날았다.

선물한 칼집은 채운 채다. 마법만 쓰는 거라면 뽑지 않아도 되는 모양이었다.

"와아. 이제 안나는 이도류가 된 데다, 바람과 벼락의 마법을 쓸 수 있는 거네요. 스스로 강화 마법과 방어 마법도 꽤 쓸 수 있고요…… 마법 검사예요!"

"엄청난 전력 상승이에요. 졸업 전에 쓰러뜨릴 목록에 다시 올릴래요!"

어쨌든 실제로 굉장한 일이므로 로라와 샬롯은 안나를 칭찬했다.

검 대 검으로 하는 특훈이 아니라, 순수하게 붙어 보고 싶은 생각마저 들었다.

"……드디어 등이 보이기 시작한 것 같아."

안나는 불쑥 중얼거렸다.

"등이요? 무슨 소리예요?"

"난 겨우 날 수 있게 됐어. 하지만 로라랑 샬롯은 한참 전부터 날 수 있었어. 난 그게 분했어. 내 힘으로는, 두 사람하고 산책조차 할 수 없었으니까."

"아, 그건…… 그건 안나는 전사학과니까—."

"그거랑은 상관없어. 그렇게 말한다면 로라는 마법학과인데도 나랑 검 실력이 막상막하니까."

"그야 전……."

뭐라고 말하려다가, 로라는 말끝을 흐렸다.

뭐라고 말해야 할까.

나는 특별하니까, 같은 말은 입이 찢어져도 할 수 없었다.

그리고 자신이 무의식중에 안나를 얕봤던 게 아닐까 하는 의혹에 휩싸였다.

샬롯은 경쟁자라고 생각했다.

그 멋진 결승전 같은 대결을, 언젠가 다시 할 수 있다고 믿었다.

하지만 안나에게 그런 기대를 했던 적이 있을까? 검사로서는 경쟁자였다.

하지만 이미 로라에게 검은, 취미였다.

그렇다. 로라는 계속 고민해 왔지만, 마법학과 수업 틈틈이 하는 특훈으로는 이미 검술로 최고가 되는 것은 불가능했다.

강해고 싶었다. 그 목표를 이루기 위해서는 마법에 주력해야 했다.

따라서, 안나는 취미 생활 파트너였다.

물론 안나는 친한 친구였다. 굉장한 사람이라고 인정도 했다. 검으로는 이길 수 없다고 생각했을 때는 분했다.

하지만 그뿐이었다. 교내 토너먼트 결승전이나 다이켄저와의 결전처럼, 뇌가 끓어오르는 영역을 함께 걸을 사람이라는 인식은 없었다.

거기에 생각이 미친 로라는 아연실색했다.

몰랐었다. 악의는 없었다. 좋아하는데. 이렇게나 안나를 좋아하는데…… 모르는 사이에, 밑으로 보고 있었다.

—아아, 그래서.

이로써 최근 안나의 낌새가 이상했던 이유도 알았다.

로라가 안나를 경쟁자로 생각하지 않아서.

샬롯이 『쓰러뜨릴 목록에 들어 있지 않다』고 단언해서.

이런 노력파가 친한 친구에게 그런 취급을 당하고 마음이 괜찮았을 리 없었다.

"사과하지 않아도 돼."

안나는 먼저 로라와 샬롯을 막았다.

"난 분명 두 사람보다 약했으니까. 저만치 가 버리는구나 하고, 포기할 뻔한 적도 있었어. 그래도. 이길 테니까!"

사과하지 마, 라고.

약했어, 라고.

그리고 이길 테니까, 라고 했다.

멋진 도전장이다.

아아, 그렇다면 돌려줄 말은 하나뿐이다.

"지지 않을 거예요."

"지지 않아요."

로라와 샬롯의 말이 겹쳐졌다

그 말을 듣고 안나는 최고로 기쁜 미소를 지었다.

번외편 절대 공포의 오믈렛 대 로라

방과 후.

조금 출출해진 로라는 하쿠와 단둘이 학교 식당에 왔다.

물론 먹는 것은 오믈렛이다.

"로라에몬 씨. 요즘 날씨가 추워져서, 몸이 따뜻해지는 오믈렛을 한번 만들어 봤습니다. 시식 부탁드립니다."

그러자 미사키가 흥미로운 말을 해 왔다. 물론 오믈렛이라는 말을 듣고 거절할 로라가 아니다.

"미사키 씨. 오믈렛이라면 어떤 것이든 환영이에요. 빨리 먹게 해 주세요!"

"으후후. 말했습니다, 로라에몬 씨. 어떤 것이라도 환영…… 그러니까 절대로 남기면 안 되는 것입니다!"

"음…… 어쩐지 미소가 수상해요…… 오믈렛 안에 이상한 걸 넣은 거죠?!"

"이상한 것이 아닙니다. 제대로 된 음식입니다. 몸이 따뜻해지는 것은 정말입니다."

"적어도 독은 아니라는 거네요. 하지만……."

“로라에몬씩이나 되는 사람이 겁을 먹은 것입니까? 그렇다면 이런 것은 어떻습니까? 만약 로라에몬 씨가 이 오믈렛을 다 먹으면, 오늘 하루 마음껏 제 귀와 꼬리를 만져도 좋습니다. 그 대신 남기면…… 오늘 하루 로라에몬 씨의 뺨을 만지게 해 주는 것입니다!”

“오믈렛을 다 먹기만 해도 하루 동안 마음껏 귀와 꼬리를?! 할게요!”

로라는 몸을 내밀면서 외쳤다.

“삐이…….”

그러나. 머리 위에 있는 신수 하쿠는 불안한 듯 울었다.

마음은 알았다. 로라도 불안했다. 미사키가 오믈렛 안에 무엇을 넣은 건지 전혀 모르므로.

“하쿠…… 사람은 불리하다는 걸 알아도 싸워야 할 때가 있어요. 물러설 수 없는 것이 있어요!”

그렇다. 오믈렛을 앞에 두고 도망치는 것은 로라 에드몬즈의 명예를 더럽히는 짓이었다.

이것은 미사키의 도전장이었다. 대결이었다. 로라는 단호히 미사키의 오믈렛을 먹기로 했다.

“그래야 로라에몬 씨지요! 자, 이게 『따뜻해지는 오믈렛』입니다!”

“와아…… 겉보기에는 평범한 오믈렛이네요. 그럼 바로…….”

오믈렛을 받은 로라는 계산대에서 가장 가까운 자리로 이동했다.

그리고 오믈렛에 나이프를 꽂자…… 걸쭉한 붉은 액체가 쏟아져 나왔다.

순간, 눈과 코가 찡했다.

"삐! 삐이이!"

머리 위에서 하쿠가 커다란 울음소리를 냈다. 로라도 눈물이 나왔다.

"이건…… 고추?!"

"그렇습니다. 그것도 최고로 매운 하바네로를 어렵게 공수해서 만든 하바네로 소스…… 로라에몬 씨에 맞설 최종 병기입니다! 항상 저를 만지는 것의 복수입니다. 오늘은 제가 로라에몬 씨의 뺨을 만질 차례입니다!"

"큭…… 예상했던 것보다 더 강적이에요…… 하지만, 한번 먹겠다고 한 이상, 먹겠어요!"

"삐이! 삐이!"

하쿠는 로라를 말리고 싶은 건지, 필사적으로 옷을 잡아당겼다.

"하쿠. 걱정해 줘서 고마워요. 하지만 전 싸울래요! 자, 위험하니까 하쿠는 테이블 끝으로 도망치세요!"

"삐이……."

로라의 결의가 심상치 않음을 깨달은 하쿠는 얌전히 테이블 끝으로 이동했다.

그것을 확인한 로라는…… 포크로 오믈렛을 입에 가져갔다.

하바네로 소스가 튀었다.

매운 향이 진동했다. 아직 먹지 않았는데도 괴로웠다. 눈물이 흘렀다. 이미 이것은 고통이었다. 매운맛에 통각이 반응하고 있었다.

그러나 그 정도에 멈출 로라가 아니었다!

로라는 새빨간 오믈렛을 입에 쏙 넣었다!

"응? 의외로 그렇게 맵지…… 크! 크으으?! 매, 매워요오오오오! 무우우우우우우울!"

로라는 컵에 든 물을 다 비웠지만 그걸로는 성에 차지 않았다.

그래서 마법으로 물을 소환해, 폭포수 같은 물을 머리에 퍼부었다.

입을 벌리고 사정없이 들이켰다.

"으아아. 로라에몬 씨. 바닥이 다 젖었습니다!"

"하아…… 하아…… 나중에 제가 닦을게요. 이 오믈렛을 먹고 나서!"

"아, 아직 먹는 것입니까?! 무리하지 않는 게 좋습니다. 그것은 로라에몬 씨를 한 입에 포기하게 하려고 만든 것입니다. 더 먹으면 입에서 불이 날 것입니다!"

"불이 나면 물로 끌게요! 제가 오믈렛을 남기는 일은 있을 수

?
후후후후후후

없어요!"

로라는 자존심을 걸고, 격하게 매운 하바네로 오믈렛에 덤벼들었다.

그 매운맛에 절규하고 울부짖으면서 위에 밀어 넣었다.

그리고 멋지게 접시를 비웠다!

"어, 어때요, 미사키…… 제가 이겼어요……."

"괴, 굉장합니다……. 설마 그걸 먹다니…… 로라에몬 씨의 각오를 얕봤습니다. 이렇게 된 이상, 얌전히 귀와 꼬리를 내어드리겠습니다……."

"후후후. 오믈렛으로 저한테 승부를 건 게 잘못이에요. 자, 엉덩이를 이쪽으로 내미세요!"

로라가 미사키를 실컷 쓰다듬으려 한 그때.

"뭐, 뭐야. 왜 이렇게 바닥이 다 젖었어?! 아, 로라, 미사키! 너희 짓이구나!"

에밀리아가 식당에 나타나 연못 같은 물웅덩이를 보고 소리쳤다.

"저는 아무 짓도 하지 않았습니다! 로라에몬 씨의 마법이 한 짓입니다!"

"이, 이건 분명 제가 한 짓이지만…… 미사키가 죽을 만큼 매운 오믈렛을 저한테 먹였기 때문이에요! 미사키한테도 책임이 있어요……."

"됐으니까 둘이서 얼른 치워어어엇!"

““네에엣!!””

로라와 미사키는 후닥닥 대걸레를 들고 와 물을 닦았다.

고통을 참아 가며 매운 하바네로 오믈렛을 다 먹었건만, 결국 미사키를 쓰다듬지 못했다.

“삐이!”

하쿠가 「그래서 말렸는데」라는 말이라도 하고 싶은 듯이 소리 내 울었다.

역시 신수의 계시는 옳았어, 하고 로라는 뉘우쳤다.

■작가 후기

여러분. 오랜만입니다. 넨쥬무기챠타로입니다.

드디어 마법 적성도 5권입니다! 여기까지 낼 수 있었던 것도 구입해 주시는 독자 여러분 덕분입니다! 정말 감사합니다.

작년 12월부터는 월간 드래곤 에이지에서 코미컬라이즈도 시작됐습니다.

저도 독자 중 한 사람으로서 아주 재미있게 읽고 있습니다. 소설과는 또 다른 로라 일행의 활약을 기대해 주세요!

그리고 이 5권, 표지 일러스트가 최고입니다! 무려 메이드복 차림의 로라입니다!

리이츄 선생님의 일러스트는 역시 너무나 멋집니다!

본편에서는 로라뿐만 아니라, 에밀리아 선생님의 엄청난 모습을 공개하니 아직 읽지 않으신 분은 꼭 확인해 주세요.

아무튼, 이번 모 던전에 잠입하는 이야기에서는 언제나의 세 사람에 더해, 대현자와 에밀리아 선생님도 동행합니다. 대현자는 몰라도 로라 일행의 모험에 에밀리아 선생님이 함께하는 것은 드문 일이라, 신선한 기분으로 썼습니다.

그리고 안나가 마침내 새 검을 손에 넣었습니다. 검 주제에 의사 표시를 하는 이상한 검으로, 개인적으로 마음에 드는 캐릭터입니다.

백합 라이트 노벨적으로 아주 적적한 마법검이 나왔다고 자부합니다.

물론 학원 배틀 라이트 노벨으로도 한층 분위기를 고조시키는 마법검입니다!

거의 무적이니까요. 예사롭지 않은 위력에, 안나만 다룰 수 있다는 모에모에 설정까지 있습니다!

백합도, 배틀도 더욱 파워를 더해 가니, 마법 적성 9999를 앞으로도 잘 부탁드립니다.

그럼 여러분. 6권에서 만나요!

검사를 목표로 입학했는데 마법 적성 9999라고요?! 5

초판 1쇄 발행 2019년 2월 10일

지은이_ Mugichatarou Nenjuu
일러스트_ Riichu
옮긴이_ 김보미

발행인_ 신현호
편집국장_ 김은주
편집진행_ 최은진 · 김기준 · 김승신 · 원현선 · 권세라
편집디자인_ 양우연
국제업무_ 정아라
관리 · 영업_ 김민원 · 조인희

펴낸곳_ (주)디앤씨미디어
등록_ 2002년 4월 25일 제20-260호
주소_ 서울시 구로구 디지털로 26길 111 JnK디지털타워 503호
전화_ 02-333-2513(대표)
팩시밀리_ 02-333-2514
이메일_ lnovelpiya@naver.com
L노벨 공식 카페_ http://cafe.naver.com/lnovel11

ISBN 979-11-278-4869-9 04830
ISBN 979-11-278-4376-2 (세트)

값 9,000원

성검사의 금주영창 1~15권

아와무라 아카미츠 지음 | refeia 일러스트 | 최승원 옮김

"오빠를 만날 것 같은 예감이 들었어!"
전생에서 사랑을 맹세했던 공주 검사로 친동생이었던 기억을 지닌 소녀 · 사츠키와
"내 입술……기억 못하지?!"
다른 전생에서 명부의 마녀이자 함께 싸웠던 소녀 · 시즈노.
윤회를 넘어 사랑하는 두 사람과 동시에 재회해버린 소년 · 모로하는
사츠키와 시즈노 사이에 끼어 굉장히 난처한 상황?!
그리고 전생의 기억을 힘으로 변환하는 전생자들의 학원에서 사상 처음으로
두 전생 《검성 X 금주사》의 힘을 각성한 모로하는
그 누구보다도 특별한 운명을 걷기 시작했다!!

영원한 유대로 맺어졌으며 가장 사랑하는 두 사람을 구하는
전생공명 학원 소드 & 소서리.

TV애니메이션 방영 화제작!!